かに蔵がゆく！

かに蔵✦著

Kanizou Ga Yuku

文芸社

はじめに

この本のタイトルにもあり、私のペンネームでもある「かに蔵」とは、一体何者？

きっかけは、二〇二三年三月十日の毎日新聞朝刊で文芸社の、

『人生十人十色大賞 ～これがワタシの人生だ～』その人生が「物語」。人は誰もが人生で一冊は本が書けるもの。どなたの生涯にも『ドラマ』があり『物語』があります。『人生』をテーマにしたこの文章コンクールに、今年はあなたも参加してみませんか？」

これを見て、応募してみようと思いました。長編部門は四百字詰原稿用紙五十枚以上ですが、短編は二枚～八枚ということ。

これならいけるかなと思い書き出すことに。

そう、タイトルは「かに蔵」でいこう！

二〇二二年二月に還暦を迎え、その時初めて還暦というものに向き合うことになり、その辺りを中心に書き出そうと。

小さい頃は、還暦＝六十歳、お年寄り、おじいちゃんくらいのイメージしかなかったわ

けですが、社会に出て自分も年を重ね、視野も広がり周りも少しは見えてきて、幾分世の中のことなんかも理解するようになってきて、すぐ年上の先輩なんかが還暦を迎え出して、自分もその年に近づいてくると、今の六十歳はほんと若いよな、と感じるようになってきました。

それこそ、一昔前なら当然、仕事なんてもうしていなくて爺さん、縁側で楽隠居みたいな話ですが、今じゃそんなのとんでもない話。私もこの時点ですでに還暦から一年以上が過ぎています。本当は還暦のタイミングで退職するつもりでいましたが、まだ現役。

ただ、去年の九月、二〇二三年五月末で退任・退職の目途が立ったことで、その後の身の振り方を模索する中、何かモノを書こうかなと漠然とした思いを持ってはいました。

現役時代、十四年間にわたり毎月スタッフ宛に時事ネタや私の想いや、会社の目指す方向性などを伝えるべくA４用紙一枚のメッセージレポートを送っていました。そんなこともあり、日々の出来事、ニュースに関しタイトルを決めては書いています。また、今の関心事、健康やお金に関することなんかも実体験をもとに書き綴っていました。

そんな時に偶然新聞で目にした原稿募集の広告を見て書き始めた「かに蔵」が主役のおもしろ人生劇場、ぜひお楽しみください。

かに蔵がゆく！　◎　目次

はじめに　003
日本一の蟹…………009
お酒にまつわるエピソード　初めての海外編…………021
金融機関からの転職…………028
会社の発展期　大型店のOPEN…………036
職務質問？…………038
あわやの大事故…………041
痛風…………045

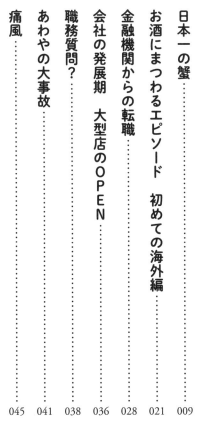

奥様の大病 …… 048
渡米 …… 050
藤野英人さんとの出会い …… 060
社長就任からのスマホ紛失 …… 065
父の思い出と退職後 …… 073
還暦からの …… 077
感性を磨き、退職へ …… 085
京都祇園木屋町 …… 089
生乍自由 …… 092
最後の出張 …… 094
カウントダウン …… 097
プーさんからかに蔵へ …… 101

北海道旅行 108
京おばんざい料理・あおい 125
沖縄旅行 128
退職後 136
携帯電話ショップ 139
街の洋食屋さん 143
名古屋 146
USAツアー 160
解放感 185
おわりに 191

日本一の蟹

そもそも、かに蔵と名乗るようになったのはいつの頃からなのか。

令和四年（二〇二二年）二月還暦を迎え、働く仲間からサプライズで派手な還暦祝い（パフォーマンス）をいただき、六十一歳（二〇二三年春）となった今、一昔前からすれば、立派なおじいちゃんではないだろうか。

そう、昭和・平成・令和と三代を生きているわけです。自分が子供だった頃、昭和・大正・明治とさかのぼり、三代前・明治生まれの祖母は立派なおばあちゃんでした。

まだ三十代の頃、蟹好きでワインが好きなお茶目な私を、その当時のレディーススタッフが素敵なイラストに仕上げてくれたのがきっかけで、それをデジタル名刺として持ち歩きプライベートではそれを見せて、「かに蔵」と名乗るようになったわけで、もう二十年以上経っていることになります。

還暦祝いの折にも、そのイラストを全面にプリントした箱（六本入）でいただいたのが、赤ワイン。そして消しゴムはんこ、makihancoさんに作っていただいた、kanizouハンコのイラストを表紙に、全スタッフから蟹さんのイラストカードに寄せられたメッセージアルバム。

もうこの時点では社内でも認めていただけていたのかなと思えました。

仕事ではこの二十年来、毎月の東京出張の楽しみの一つはやはり「食」。

正直、蟹以外はあまり関心もなく極めてB級であることと、東京ではなかなか素敵な蟹には出合えなかったことで、グルメ紀行は少なかったのかと思えます。

しかし、そこはやはり東京。食だけでなく日本の最高、いや世界の最高峰のものがある街なのだと、話題・最新のスポットにはできる限り行ってみようとしました。

ニュースになるとすぐに訪ねるのが習慣となり、見聞を広めることが何よりの楽しみとなり、地元での話題に事欠かない経験となっていきました。

初めて立ち上げたもう一つの会社の事務所を恵比寿に構え数年が経った頃、近くに気になるお店（ＢＡＲ）を発見。

しかし、なかなかすぐには入ることができず何度か前を通り様子をうかがうだけになっていたのですが、ある時、若手スタッフと二人で意を決し入ってみました。

すると、薄暗くこぢんまりとした店内には普通のＯＬ風の女性が一人おられただけで、なんとも拍子抜けしてしまいました。

「えっ、あなたがオーナーですか」と思わず尋ねたところ、「私は普段、客なんですが、今日はたまたま代わりに開けているだけなんです」とのこと。

結局、初めてのその日はオーナー（マスター）に会うことはなく帰ることに。

次回強面のマスターがいたらどうしようかと思いつつ、二回目に尋ねてみると、そこには着物姿の丸坊主のマスターが。年はまだ三十代半ばかな、私より一回りくらいは若いんじゃないのかなと思えました。怖い感じではないけれど斬新なイメージを受けたのを思い出します。

それからは、ちょこちょこ通うようになり、いつしかえび蔵・かに蔵のツーショットなんて言っては写真を撮るような関係になっていきました。

当初より、そこで私はずっと「かに蔵」と名乗っていたわけです。仕事の話や本名などに触れることなく、五年くらいが経ちました。

話をするうちに、どうやら彼は全国いろんなところに出かけているようでありました。しかし仕事でもなさそうだし不思議には思っていました。

ある時、私の地元彦根にもまた今度行くかもという話になり、つい「彦根に来て、かに蔵と言えばすぐわかるから、いつでも来いよ」なんてことを口走っている自分がいました。

そんなことはもうすっかり忘れかけていたある日のこと。突然よく行くお店のママさんから、電話が入りました。「今、お店に『ここに、かに蔵さん、来られますか』って丸坊主の男性の方が尋ねてこられていますけど、お話しして大丈夫ですか」と。

おお、マジか？

「大丈夫、代わって」

「かに蔵、見っけ。今、彦根のお店《スナック》にいます、来てくれるよね」

えっ、マジ。

どうしてこんなことが起こったのかはさておき、私が彦根にいれば駆けつけるところだったのですが、いかにも偶然、その時は奥様と長崎へ旅行に出かけており、さすがに飛んでいくわけにはいきませんでした。その場は、電話を取り次いでいただき丁重にお詫び申し上げるしかできませんでした。

後日談、何をしに彦根に来たのか？　どうして、一発で私の行ってるお店にヒットしたのか？

どうやら、何かの食事会で彦根の料理旅館に宿泊。そこの女将さんに近くのスナックを紹介され、二次会に出向いたお店が偶然にも私が普段行くお店だったということ。

こんなことが起こるんだ、世間は狭いです。

遠路来るなら来ると、前もって連絡して来いよ。

しかし、当時は考えてみれば、連絡のしようがなかったわけで、無理もない話でした。

そこからは妙に距離が近まり、東京だけでなく京都や名古屋なんかでも食事に行くようになったわけです。

その頃には、だんだんと食に関する何やら普通じゃない雰囲気を感じるようになってきていました。

それでも、かに蔵の本分、蟹については常日頃、私の方がいろんな意味で経験豊富だろうとの思いは持ってはいたわけで、かに蔵として、勝手に日本一の蟹屋さんは鳥取にあると言い続けていたわけであります。当時、案外、彼は蟹に関しては門外漢なのか、東京近辺ではなかったことや興味が薄かったのかなとは推察していましたが。

そのお店にはもう二十年近く行ってるのですが、最初に行った時、それこそ「なんじゃこりゃ!? こんな蟹初めて」となりました。紹介してもらった人に感謝です。それからも何度か通うようになり、自分でも予約が取れるようになっていくわけです。

そして何より、長女が鳥取の大学で下宿生活をすることとなり、何かとその方には娘のことでもお世話になりました。私が娘のところへ行くたびに一緒に漁港や町にあるいくつかの蟹屋さんにも連れて行っていただきました。そして、その日本一のところへも。当時として、普通の女子大学生がとてもじゃないですが行けるお店ではないと思います。当然のことながら大絶賛であります。

ちなみに、この長女は蟹が好きなんですが、奥様と次女は苦手なんですね。次女に至っては甲殻類アレルギーであります。身内でそうですから、趣味嗜好、体質など好みは人それぞれとわきまえ、誰かれなく蟹を強要強制するスタンスは持ち合わせておりません。純粋に自らが楽しもうとしているだけでありますので、誤解なきように。

しかし、ここ最近はご無沙汰していることもあり、その店名などは伏せていたんです。すると、これまた不思議。その日本一の蟹屋は「ここでしょう」と、ピンポイントで当ててきました。なんなんだコヤツは、となりましたね。「じゃ、私が予約しますから今度一緒に行きましょうよ」ということに。

そんなこんなで、その翌シーズン、彼に予約してもらって一緒にその蟹屋さんに行くこととなりました。

実際、もうこの少し前くらいから、一般の人（どのような表現が正しいのかわかりませんが）では予約すら取れなくなっていたようです。当時から、角界、スポーツ・芸能人などの有名人は来ていました、そこらあたりがさらにエスカレートしてきていたようにも。

かくしてシーズンイン、当日、現地集合。

数年ぶりにいただく絶品「蟹」。

彼以外は初対面の貸し切りメンバー（全員で六名）。私以外は東京から飛行機で日帰りという方々とはロクに話もせず、ただひたすら皆さん、「蟹」を堪能されました。初めての方がほとんどだったので、無理のないことです。

ありきたりな言葉になりますが、超絶品蟹としか表現できないところは残念ですが、先の心得、好き嫌い、趣味嗜好の世界ですから、万人受けするとは思っていません。特に価格、雰囲気、その他いろんな要素もあろうかと思いますから。

それにしても、たかが蟹されど蟹。

もうすでにこれ以前から、私「かに蔵」の、蟹愛は周りにも浸透してきておりまして、「もうすぐ蟹さんみたいに横によちよちと歩き出すんじゃないのか」と言われたり。

当時、シーズンになると地元には新潟ナンバーのトラックで蟹を売りに来るおじさんが出現していたんですが、毎年それを何度も買って食べるわけですね。茹でた状態ですからそのまま持って帰ってすぐに食べられるわけです。もう毎年のこととなっていたからある程度の信頼関係で安心して買って食べるという冬の年中行事として恒例化していたわけです。決して高いものでなくそれなりの値段相応で納得の上なのでなんの問題もないわけであります。

しかし、周りからすると、同じ蟹（固有名詞としては）で一杯数万円もするのを食べるかと思えば、道端で行商にきている漁師風のおじさんから数杯で数千円の蟹も食べることが信じられないようなんですね。まあ、こちらも何が信じられないかがわかりませんが。

そんなこんなで私はこの鳥取のお店にはもう過去何十年と通っています。最初の時から一度として同じ蟹が単純に同じでないことを充分理解しています。数年のブランクはありましたが、店内の雰囲気（一部改装されていて）、メンバー、ステージが変わり、また新たな気分で味わうことができました。初めての方にとっては、感動モノだったと思います。

それから、コロナでまた二年のブランク。メンバーも新たに、二〇二二年冬シーズンにまたしても私以外は東京五人組と現地合流。よくもまあ、この蟹だけのために、しかもびっくりするような価格、東京から飛行機飛ばしてやってくるなと感心しきり。かに蔵本人のことはさておき、真剣にそう思います。アテンドする彼の交友関係もどうなっているんだか。前回と同じメンバーは確かお一人だけだった気がします。今回も紹介、名刺交換もしておりませんし、そんなの関係ない状態で淡々とスタート。

確か、前後に佐々木希やホリエモンなんかが来たということはオマケとして追記しておきますが、価格や予約の取れなさを思うとなんだか変な気分になりますね。

では「いただきます」。

その料理内容は、普通の蟹料理でもコースで頼むと大体の一通り。例えば、まずお刺身から始まり、蟹みそ、焼き蟹、天ぷら、お鍋、締めの雑炊と、こんな感じなんではないでしょうか。

度肝を抜かれるのが、最初の「蟹みそ」、濃厚でクリーミー。御猪口に半分くらいの量ですが、これだけでお酒一合いけちゃうほど。スポイトでお醤油を一滴垂らして食べるお刺身、このスタイルは今回初めて。お次は焼き。以前は七輪で直に焼いていた気がするけど、水分が逃げるからと。確かに、焼きの香ばしき焦げだけにならない仕上がりが憎いね。お次は蓮華の上、だしに踊るほぐし身。さてさて、せこ蟹。これが勢子かと思えるほどのでかさ、半端ないね。ほんとこの内子が最高に美味しく大好きですね。

　爪のフライを軽くお塩でいただいた後、初登場なのがなんと一年もかけて熟成させての濃厚みそのシャーベット。お口直しというにはおこがましいですが、初めての食感でリスタート。

　進化し、新たなメニュー開発を怠らない姿勢はさすがにトップを走るものの務めか。松葉がにの解禁日、初競りでの「五輝星」クラス、一杯なんと数百万円する代物と同等クラスだという本日の一杯、その姿ゆでは圧巻。大きさ、綺麗に整った足、濃厚な蟹みそ。実は、何より姿ゆでを頬張るのが一番の楽しみであり美味しいと感じるわけですね。

　御猪口でいただいた濃厚みそのスープに続いての一品が、これまたお初。なんと、ホットサンド。地元食材で焼き上げたパンに合う中身は、さしずめ蟹サラダ仕立てのミックスサンドといったところ。赤ワインのお供として最高だと感じる出来。

さてさていよいよお鍋の登場、爪をしゃぶしゃぶでさっと。大将の見事な手さばきで、六本の爪が花咲く瞬間、皆から歓声が上がり最高潮に。しいたけ・白菜・ねぎとお野菜が続く。その甘味にうっとり。

この後、雑炊に行くかと思いきや、またも新ネタ。先ほどから、なにやら大将が身をほぐしているのだが、いったい何をしているのか。教えてくれないのでさっぱりわからず。するると、出てきたのが、蟹そうめん。蟹身をほぐし、そうめんのように仕上げていたんですね。ここで冷たい麺（蟹身）。絶妙のタイミングで入れてきましたね、あっぱれ！これも今回初めての演出、やることが憎いよね。

ここで仕切り直して、雑炊が安定の美味しさで登場。フィニッシュかと思いきや、最後に丼が出てきたのには少々満腹オーバーだったのかな。

こうして今回の蟹コースも大満足で「ごちそうさまでした」。

あまり、お酒については触れていないのは、前回少し調子に乗って自分のペースで結構ワインをがっつりいってしまって、大将の機嫌を損なった感があったので、今回ワインは控え、料理ごとに合う大将のおすすめの日本酒を中心にいただきました。

確かに、蟹には日本酒が一番しっくりきますね。
さて、お酒に関するお話へ。

お酒にまつわるエピソード　初めての海外編

日本では「お酒は二十歳から」ということで、いただくことに。
タバコもお酒も比較的日本はゆるいというか寛容（一部ですが）なところがあるように感じます。アメリカの方がもっと寛大だと思っていましたが。

実際、初めてアメリカに行ったのが今から四十年前の一九八三年四月、二十一歳になったばかりの時でした。その当時は国際線でもアルコールは有料だったんです。ビールでもワインでもなんでも一律2$だったと思います。当時は1$二五〇円くらいだったかな。

とにかく、行きの飛行機から勇んで「Beer, Please」って頼んだら、いきなり、「Non No!」とくるわけですよ。

なんとも失礼な感じと思いながらも、なぜか。そう、アメリカではお酒は二十一歳からなんですね。そんなこと知ってますから。どうやら、当時の私は、むこう（アメリカ人）から見ると、子供に見えたんでしょう。特に日本人は若く見られる傾向にあったのも事実です。

いやいや、私二十一歳です。「じゃあ、パスポートを見せなさい」とくるわけです。機内でビール一杯買うのにパスポートを提示させられるというところからのアメリカお酒デビューであります。

ディスコなんかやアルコールをともなう飲食店は入店時にパスポート提示が当たり前。そういう意味では日本よりよっぽど厳しいんですね。

さて、この初めてのアメリカ旅行。

行きのノースウエストオリエント航空機内。私たちは、ファーストクラスとの境にあるスチュワーデス（今はキャビンアテンダント）の控え室（食事や飲み物などもある場所）のすぐ後ろの席。

長い機内での時間、あるファーストクラスのお客様がちょこちょここの部屋にやって来ているんです。何度も顔が見えるんです。どうやら、赤い顔してご機嫌な感じが伝わってくるのですが、不思議ですよね。ファーストクラスでゆっくりお酒もフリーでのんびりくつろいでいれば良さそうなのに。ここにきて、スチュワーデスとしゃべるのがきっと楽しいんだろうな。

あまりによく来るもんだから、スチュワーデスも一番近くにいる我々のことを気にしてくれたのか、「彼は誰だか知ってますか」と聞いてきたんです。そんなにじろじろ見てるわけでもなく、なんかでっかい酔っぱらいのおじさんぐらいにしか思っていなかったので、

「I don't know」

すると、なんと、その人はハリウッドスターのピーター・フォンダだったんです。姉もハリウッドスターで有名なジェーン・フォンダという驚きの真実。この何年か前に大ヒットした映画『イージーライダー』の主役、その人なんです。当時、彼が主演の『だいじょうぶマイ・フレンド』という映画の日本での公開を記念して、来日していた帰りの飛行機にたまたま我々が乗り合わせていたということです。

関係ないですが、私は結構いろんなところでいろんな有名人、芸能・スポーツ・お笑い・政治家、ありとあらゆるジャンル、いっぱいの著名人に遭遇していますが、自分の中ではこのピーター・フォンダが一番ＢＩＧだったんじゃないかと思っています。人によればもっと違う印象を受けられるでしょうが、例えばキムタク・工藤静香の裏原宿でのオフツーショットとか。これなんか、前から工藤静香が歩いてこちらに向かってきて手を振ったと思いきや、その先から車で現れたのがキムタクで目の前でその車に乗り込み颯爽と車

が走り出すというドラマのようなシーンだったんですが。また、EXILEのメンバーの半分くらいが同じ新幹線しかも同じグリーン車内で一緒だったり。品川―名古屋間、このグリーン車両の前後にはSPが張り付いていましたし、東京駅から乗っていた別の乗客が明らかに写真を撮っていて、そのSPが「今、写真撮りましたよね」「いえ、撮ってません」なんて明らかに撮っているのに笑える光景があったり。今までのを全部書き上げようかと思って奥様に言ってみたところ、「バカじゃないの」と一蹴されて、やる気失いましたが。

その、酔っぱらいのBIG STARピーター・フォンダ。

スチュワーデスが見るに見かねてか、我々には迷惑がかかっているだろうと思ってくれたのか、紹介してくれました。なんだかわからないまま、これはサインを貰うべきだと思いつくものの、当然、色紙なんてあるわけもなく、手持ちのノートにサインしてもらいました。しばらくは大切にしていただろうに、今となってはどこにいってしまったか。てなわけで、初めての海外旅行、アメリカお酒デビューとなりました。

次にタバコとお酒。

アメリカは麻薬が合法であるにもかかわらず、タバコやお酒に関して年齢制限含め妙に厳しいところを感じます。

日本では昔から「お酒は百薬の長」と言われ、タバコは「百害あって一利なし」なんて比較され、「お酒はいいけどタバコはね」という風潮でした。しかし、長らくタバコは専売公社の下、なんだかわからない管理下にあったように思えてなりませんでした。

自身は、酒かタバコかどちらか一本にしようとの思いで、お酒一本に絞った経緯があります。二十歳の頃はタバコもそれこそ、セブンスター（当時一二〇円、ハイライト八〇円、ゴールデンバット三〇円の時代）を一日二箱くらい吸っていました。

お酒は、毎日は飲んでいませんが、どちらもするのは金銭的にも負担が大きいし、何より健康面も考えお酒一本になったわけであります。

学生から社会人になると、もうこの時点ではタバコはやめていますから、当然お酒だけであります。

自分で働いたお金で飲むお酒は美味しく、誰に遠慮気兼ねすることなく家でも外でも飲むようになっていきます。

地元の信用金庫で働くようになり、職業柄当時の金融機関は結構どこもよくお酒を飲んでいたように記憶します。

そして、初めての人事異動で配属になった二店舗目が、ご当地の飲食（飲み屋街）店舗の只中に位置していました。仕事にも少し慣れ、必然毎日終わると飲みに繰り出す日々が続くわけです。また、働くまわりの仲間も皆よく飲むわけですね。類は友を呼ぶというか、結構毎日が楽しく過ぎていきました。

当時勤務の支店のお隣は、お寿司・スナックが一つのお店、右側から入ればお寿司屋さん、左側のドアから入ればそこはスナック、そして中でつながって奥には座敷があるという当時にしては斬新なお店でした。

お寿司は、先代から引き継いで娘が握る。当時、女性の寿司職人は珍しかったと思います。一説には、女性は体温が男性よりも高く、寿司を握るには不向きだとか、ほんとかどうかは知りませんが、そんなことが言われていようがお構いなしです。

そして、スナックはその婿殿のマスターが仕切ると。

なかなかどちらもよく流行っていましたね。どちらのカウンターも結構常連客の比率は高かった気がします。我らチームも週何日来ているのか、みたいなところはありました。

五〜六名くらいのメンバーですが、キープしているボトルがピーク時では七〜九本入っていたことも。

丁度今二〇二三年四月に再放送となったNHK朝ドラ、十年前放送の『あまちゃん』の夏ばっぱが経営する、昼夜で喫茶アリス・スナック梨明日に変わるみたいなお店。すごく親近感湧くんですよね。杉本哲太演じる大吉はお酒が飲めないから、ウーロン茶ロックでカラオケ「ゴーストバスターズ」を歌うと。飲めない仲間はそんなにいなかった気がするけど、なんだか当時の光景がそのまんまかぶったりします。

金融機関からの転職

そんなわけで、あまり何も難しく考えず毎日陽気に楽しく働いていた四年目のある日、当時、融資を担当していたところのお取引先さんの社長から飲みのお誘い。大阪まで行って五軒ぐらい飲み歩き、結局、梅田のサウナに泊まるということになりました。

なんだかよくわからず、相当な時間飲んだでしょう。私はあまり酔っぱらってどうこうとなりませんが、何だったのか。

結局、最後にぽろっと一言「うちに来てくれないか」。

えっ？

類は友を呼ぶの話じゃないですが、酒飲みは相手が酒飲みかどうかお互い結構わかるもんなんですね。そういう意味でその社長とは飲みにケーション良好だったんですね。近くでは何度か飲みに行ったりもしていましたから。しかし、それ以上でも以下でもなく、特に仕事上の関係においてもフラットだっただけに。

ただ、わざわざ大阪まで飲みに行くというのは、先方からすると普段とは違っていたのかもしれませんが、こちらはいたって能天気でした。

ですから、最初は何を言われたのかピンときませんでした。が、どうやら、今の仕事（金融機関）を辞めて、その会社に転職してきてほしいということらしい。

いやいや、あまり何も考えてはいなかったとはいえ、毎日陽気に楽しくやっている身にとっては考えられない話。当時、既に結婚もし、子供もいましたからなおさらです。

今のように普通に転職することが何の抵抗や違和感もない時代ではなく、しかも金融機関を辞めるということがいかに社会的インパクトがあった時代かを考えれば、おのずと結論は出るのかなと。

そんなわけで、何事もなかったかのようにお互いその件に触れることなく、一年以上の時間が経ちました。

その間、何も考えなかったかといえばうそになります。この先どんな世になるか。

アメリカ旅行から一年が経った一九八四年四月、地元の信用金庫に就職をするわけですが、何か強い思いがあって決めたわけでもなく、たいして勉強もしてないわけで、多くを望んでいなかったと言えばそれまで。地元で転勤も限られたなかで、ある意味、公務員的なイメージ。だから、都市銀行のような激務もなさそうという安易な考えがなかったかと言えばこちらもまた嘘になると、そんな決め方だったなということを思うと、これから果たしてこのままここでずっと行くのが良いのかどうかとも考えるようになってくるわけです。就職した当時はまだ世の中バブルで、景気も良く右肩上がりの成長期。

都市銀行という呼び名、当時、その都市銀行というのは十三行もあり、大都市中心に全国で支店を展開していました。地方都市、田舎にはないわけで、そのあたりの金融サービスをカバーすべく地方銀行や地元の信用金庫が存在するということです。また別に郵便局や農協は全国ネットワークが築かれていたわけであります。十三行もあった都市銀行は統合・合併を重ね、現在はみずほ銀行、三井住友銀行、三菱ＵＦＪ銀行、りそな銀行の四行に集約されています。そのうちのりそな銀行は国から公的資金を受け、一時国営化され救済されました。当時、大量の社員が会社を去っていますが、のちに公的資金を完済し、再建され現在に至っています。みずほ銀行は、この間何度もシステムトラブルを起こし、お客様に多大な迷惑をかけ続けています。それぞれ合併を繰り返すたびに、その取引先にとっては関係のないところで銀行内部では、やれ人事面やシステム面でどちらの銀行を残すや、優先させるといったことばかりで、いつもお客様が置いてきぼりで、迷惑を被ってきたわけです。

郵便局は小泉政権での郵政民営化で、金融部分はゆうちょ銀行に、農協はＪＡバンクにと変わっていったのです。

さて、当時の定期預金の金利は5.6〜5.8％程度、住宅ローン金利は8.2％程度だったのではないかと記憶しています。現在の超超低金利からすると想像もできない数字であります。しかし、この少しあとからだんだんと曇行きが怪しくなり、バブル崩壊へと向かうこととなるわけです。

しかし、大学出て四年ほど当時まだ二十六歳やそこらの若造なんかが、決して世の中のことをそんなによくわかっていたかといえばそんなのわかるはずがないわけです。ましてやこの先の日本、世界経済の行方なんて知る由もないわけです。

実際のところは、失われた三十年とか、日本は賃金が一向に上がらないと言われています。どのくらいの期間にわたって賃金が上がらなかったかというと、三十年間です。国税庁の「民間給与実態統計調査」によれば、一九九一年の平均年収は四四六万円、それから三十年後の二〇二一年の平均年収は四四三万円。上がるどころか逆に三万円も下がってしまった。ＯＥＣＤ（経済協力開発機構）が発表した加盟国の二〇二〇年における年間平均賃金データによると、日本は3万8515$と韓国の4万1960$よりも下。ちなみに、アメリカは6万9391$、ドイツが5万3745$、フランスが4万5581$で、日本の賃金は今やOECDの中でも下位となっています。

当時、転職するかどうするかを彷徨っていた一九八八年～一九九〇年にかけて、やがて日本がこんなことになろうとは知る由もなかったわけであります。しかし、ふと何の根拠もなくこのままで良いということもないいんじゃないかと思い出すわけであります。かといって、それがたまたま今誘われたところがあるとはいえ、それがベストな選択だと直結したわけでもないいんです。だから、もやもやした気持ちでしばしの時が過ぎていったわけであります。

このままいけば、七年目の春に突入するタイミングを迎える。そうなると、また転勤異動、何らか次のステージへということにもなってくることは容易に想像がつくわけです。人生設計、この先この仕事で自分の立ち位置、ポジショニングが明確にイメージできるか。

そういえば、同期は高卒女子、短大卒女子、大卒男子それぞれ六名の全部で十八名。男子のうち一名は事前研修は参加していたものの、入庫二日目で辞めるという強者が現れ、びっくりさせられました。その後も男性は一人辞め二人辞めと退職が続き、不出来な年次だったのかもしれません。

悩んでばかりいても前には進みません。これを機に何かしらアクションを起こす時だと考えるようになりました。

自分は何がしたいのか、少し立ち止まってゆっくり考えることとしました。第一に家族を養う。これに関してはどんな仕事をしても絶対できるという自信はありました。健康であればなんだってできる。これは風邪一つひかない頑丈な体に生んでくれた母親に感謝です。まずは今の仕事を続けるか、お誘いいただいた会社に転職するのか、それとも全く別の道を歩むのか。さて、どうする？　かに蔵（この時はまだかに蔵ではありませんでしたが）。

人生初ぐらいに真剣に考えた時期ではないでしょうか。

中国戦国時代の蘇秦の「鶏口となるも牛後となるなかれ」という言葉が好きで、大きな集団の末端になるより、小さな集団であっても長になる方が良い、という意味。このままここにいて信用金庫のトップになれるかといえば、それは結構難しいだろうと容易に想像できるわけです。

かといって、お誘いいただいている会社についてはどうなのか。

JEANS SHOPとして、ご当地、若者には確かに人気のお店ということはわかっていましたが、果たして人気店と企業としての会社という意味ではまた別の話になってきます。その当時の企業規模としては、有限会社（今は存在しない組織形態）で、個人事業から法人になり創業十五年くらい、社員数は二十名程度、年商が数億円といったところでした。はっきり言って、まだまだ零細の域を脱せず、今後も未知数でありました。

ただバブルの崩壊とは別に、世の中がアメリカナイズされてきており、完全週休二日制への移行期で、今後ますます余暇の充実、ジーニングカジュアルを中心としたライフスタイルファッションが浸透していくであろうというムードは感じられました。

これに賭けてみるか。生かすも殺すも自分の実力でどこまでできるか興味が湧いてきました。

ただあまりにも業界のことだとか、会社経営ということについても無知すぎて、どうしたものか。相談するメンター的な人もいないまま、時間が経ちます。

そこで、もう自分の中で、ここに賭けようと決めるわけです。何が決め手になったのかは今では覚えていません。

まず、奥様に話したところ、あまり大きな反応、反対することもなく「あっそう」みたいな感じで若干拍子抜けしましたが、子育て真っ最中でそれどころじゃなかったのかもしれません。問題は、母親です。「頼むからそんな無謀なマネはやめてくれ」と泣かれてしまいました。これにはさすがに参りました。それから、納得してもらうのに数か月を要しました。実際のところ、その時は納得してなかったでしょうし、転職後もしばらくはなんとも気まずい雰囲気は続きました。

会社の発展期　大型店のＯＰＥＮ

しかし、決めたからには全力でやり切り、ＢＩＧにするつもりでぶち当たっていきました。

まずはカタチから。有限会社を株式会社に組織変更し、増資をし会社の基盤固めを。

そして、今までにない大型店を出店するべく、物件探しから。

ありがたいことに、当時の信用金庫の常務（実はこの方には、結婚式に主賓としてご出席いただいたにもかかわらず、その四年後、退職をさせてもらい非常に申し訳ない思いでいたわけです）がお口添えいただいた先様と賃貸契約を結ばせていただき、信用金庫さんには出店資金を全面的にバックアップしてもらい、入社一年後の一九九一年三月、見事出店大成功をおさめ、一躍全国的にも話題になり、飛躍の第一歩とすることができました。

ＯＰＥＮは早朝五時。駐車場にテントを張り、準備万端整ったのは朝三時。一度帰宅し、四時過ぎに店舗に到着した時には、もうすでに何名かが並ばれているのを見て大慌てで、開店準備。五時一五分前には、もうすでに長蛇の列。片側二車線の道路が一車線数百メートル埋まる縦列駐車状態、そのまま五時を迎えＯＰＥＮ。

半時間も経たないうちに、人も車も溢れ大パニック状態となり、ついにはパトカーがやって来て、一台の車が駐車違反でレッカー車で移動させられる始末。事前に最寄りの交番にはご挨拶、状況報告はしていたにもかかわらず、早朝の騒ぎにご近所様から通報が入ってしまったようです。

しかしながら、大きな事故などにはつながらず、その後も店内外ともに混みこみ状態でありましたが、初日の営業を無事終えることができました。

こんなロケットスタートがきれた、初の大型店は好調に推移し、その後、順調に出・退店いわゆるスクラップ＆ビルドを繰り返し、自社物件を所有し資産を築き増資を重ねていくわけですが、資金繰りが常に安定していたわけでなく、お金に関しては苦労が絶えない状況が続いていくわけであります。

命の次に大事なお金の問題。

過度にストレスを感じる日々、大好きなお酒の量も正比例に増えていくわけです。

職務質問？

普通の人は職務質問（いわゆる職質）なんて無縁なのでしょうが、私の場合は飲んで帰る時に何度も受けたことがあります。別に悪いことをしているわけではないので、その都度すぐに解放されます。何やら挙動不審に見えるのでしょうか、なぜか遭遇してしまいます。

地元警察の軽い職質程度ならいいですが、東京ＪＲ五反田駅でのそれは今思うと腹立たしい限りでした。山手線五反田駅の改札は一か所で、しかも改札出てすぐのところは狭く人通りも多く非常に混雑するんですね。

とある日の日中、私は恵比寿からその日の宿泊先ホテルのある五反田駅で降りるべくホームから階段を下りていると、改札を出たところに一人の警察官がいるのが見えたんですが、思わず目が合いました。と、その瞬間警察官はまさにヒットしたみたいな表情に変わったのもつかの間、改札を出たところでいきなり「ちょっとよろしいですか、今日は今お仕事ですか」と尋ねられました。「はい、そうですが」。そこからすぐに、あと二人の警官が加わり、三人で囲むようにして「鞄の中見せてもらっていいですか」と。その間、端の方、人通りが少ない方へ移動することもなく改札出たすぐの場所で、周りを行き交う大勢の人が皆、不審人物か何かのように見て通っていくわけです。その時は実際何が起こっているのかわからず、言われるまま無抵抗で警官に従っていました。結局、鞄の中もすべて見ても当然、怪しいものなんて何もないわけで、この間約数分でしたが解放されました。しかし、「どのようなことで今捜査させてもらっています」「ご協力ありがとうございました」とか、一言もなかったなと。地元での職質はいつも先に「今、何々で捜査しています」「ご協力ありがとうございます」って言われていたなと思いムッときましたね。

改札で待機の警官はきっと指名手配書か何か、渡されていた人相書き（その時の私の恰好、ニット帽を被り、背中にリュック背負ってジーパンを穿いた身長一七五センチ前後の五十代の男性）か何かが、丁度今目の前に現れた。「よし来た！」ってなったんじゃないかなと思いました。

その後、駅前のホテルにチェックインして部屋に入り、冷静に考えてみると私は非常に恥ずかしい思いをさせられ、周りからは変に見られ、何もしていないのに明らかに被害者だと、しかも「ご迷惑かけて申し訳ございませんでした、ご協力ありがとうございます」の一言も言われてないことに腹立ち、部屋を飛び出し、もう一度、一言文句を言おうと駅改札に向かいました。ところが一〇分も経っていないのに、もう一人の警官もいませんでした。なんてことだ、事件は解決したのか。

普通の人ではなかなかないことなのでしょうね、きっと。

あわやの大事故

四十代の頃、新聞やニュースなんかで「溝にはまって溺死」という事故が相次いでいた時期があり、どんな溝でどうやったら溺れるんだろうと不思議でなりませんでした。

まさか、そんな矢先に自分が遭遇するなんて。

春のある日、お取引先様と会食し、二軒目はスナックへ。先様とはそこで分かれているんですが、さらに飲みに行ったんですね。

すっかりできあがり、店を出て、さあ帰りましょう。ここで初めて今、何時なのか。おやおや、もうこんなになっていたのか。

当時、地元のタクシーは午前三時を境に営業終了という体制に変わろうとしているところでした。最後のお店を出た時間が微妙な時間で、タクシーで帰るかそれとも歩いて帰るか、酔った頭で考えるわけです。自宅とは反対方向にあるタクシー乗り場まで歩いて行って、もし終わっていたら無駄足。その分の往復の距離を考えると、そのまま自宅に向かって歩けば自宅には四分の一くらいは近づくわけです。

よし、ここはストレートに自宅に向かって歩いて帰ろう！　別に普段から歩いて帰っている道だし、そんなに酩酊しているわけでもなし、大丈夫歩けると、いつもと変わらず歩き出しました。

暑くも寒くもなく、歩けていたはずが家が近づき町内に入りだしたあたりから急に安心したのか、気のゆるみ？　途中からの記憶がこのあたりで飛んでしまったわけです。

目覚めたのは、口の中に水が入ってきて、「なんじゃこりゃ、溺れる」と。しかし、体の自由がきかず一瞬身動きが取れないことに、どうなっているんだ。

そう、自分の体のサイズほどの溝にすっぽりとはまっているわけです。そして、わずかばかり流れている水を自分がせき止め、体づたいに溢れ上がってきた泥水が口の中に入ってきて目が覚めたという始末。

幸いにも、ここで気づいたから良かったものの、もし気づかなければ朝の四時前後、田舎の裏道の小さな溝に人がはまっていても、きっと誰も気づいてはくれないでしょうから、そのまま朝を迎えれば、翌日のニュースで「中年男性、小溝で溺死」となっていたことでしょう。

状況整理し、体をずらし溝から起き上がり、家はもう近いと理解したのでそのまま歩いて帰り、数分で自宅到着。玄関インターフォンで奥様を呼んだら、よくまあこんな時間にすぐに出てきてくれてありがとう、それはいいんですが、「ちょっとやばい」と一言。

シャツは真っ赤で血だらけ。一目見りゃ、普通じゃないことはわかりますよね。

ここは一旦冷静に落ち着いて、「救急車を呼んで欲しい、ただし家の前まで来てもらうとご近所迷惑だから、大通りまで出るからその場所まで来てもらって」と頼み、救急車を呼んでもらい、待つこと数分で救急車到着。

救急隊員が何やら病院か搬送先を探しているのか、電話をしている様子。こちらは意識はしっかりしているので、はっきりと聞き取れ理解しているわけです。それよりも一刻も早く車出してよ、と思っているのに、

「四十代男性、かなりお酒を飲まれたようで、転んで溝にはまり顔を負傷し出血されている模様」

「いやいや、大丈夫ですから、いつも行っている病院に搬送して応急処置お願いします」

と丁寧にお願いしたからか、ほどなく、病院に到着。

当直の医師がまさに応急処置、消毒と大きなバンドエイドみたいなものを傷口（顎のあ

たり）に貼って、「はい、おしまい。お帰りください」。おいおい、今この時間、せめて朝まで泊めてよと思いましたが、病室がないのか、もうこれ以上あなたにかかわれる人手はないと言わんばかりに追い払われ、泣く泣く帰宅。

痛み止めを飲んでいたのでそのまますぐに仮眠、起床、出勤。仕事行くんだ。お腹は減るもんで、お昼ご飯。カップラーメンでも食べるか。

すると、おやおや、顎のあたりが何やらもぞもぞ。傷口の顎にはガーゼがあてられていたのですが、濡れを感じるわけです。そう、食べていたラーメンの汁が漏れ染みてきているわけです。切り傷程度ではなく、顎を貫通していたのです。

病院に行って外科医に診てもらい縫合手術。どうりで、ただならぬ痛さだったわけです。

この傷跡を隠すために顎鬚をはやすことにしましたが、傷跡をそのままさらけ出しても、鬚で隠してもどちらにしても人相的にはあまりよろしくはございません。なお、傷跡は今も違和感が残ったままですし、しゃべる時には多少の障害も感じています。

時が経ち今でこそ笑っていられますが、一歩間違えばの状況でした。

おもしろおかしく、顎から汁が漏れた一件なんかは、食べてたラーメンが顎から飛び出してきていたなんて言われたりもして。

痛風

そんなで少しはお酒も控えないとね。

毎年の健康診断、たいていいくつかの数値は正常値外。

もともと二十八歳から痛風。発作が出た時の尿酸値はなんと12・5。医者もあきれるなかなかのものでした。

「まあ、変に怯えることもないけれど、舐めたらいけませんよ。一般的な足の付け根に出たからいいけれど、これが頭なんかに出たらそれこそ大変、死にますよ。足でもひどい方がおられ、膝から下を切り落としたこともありますから」

としっかり脅されました。

もう痛風歴三十三年か。

当時、通っていた病院の担当医が独立開業にあたり、DMが届き、それ以来はそちらでの通院となりそちらでも三十年くらいになるのかな。

以来ずっと飲み続けていた薬。ある日ニュースでその飲んでいる薬での副作用で死者が出たと。おいおい、こりゃたまったもんじゃねぇ。そのニュースの真意は定かではないもののの真正面鵜呑みにして、勝手に通院せず一年間、薬を飲むのをやめたらたちまち尿酸値が二桁に。

再度、かかりつけ医に、

「自分で勝手に判断しちゃだめですよ。そのニュースがどんな形であったのかはともかく、市販の風邪薬を飲んでも副作用が出る方もおられるし、それが直接の死因であるかどうかもわからないわけで定期に通院検査をし、処方薬を飲むことが大事です」

と諭され再通院。

そんなこんなで三十年、いつもため口でごめんね、先生。

でも、実は私の番は案外息抜きタイムになっているのではと思っているんですけど。きっと看護師さんたちも何この人と思っているでしょうけれど、当初開院以来の上得意客と自負していますから。

待ち時間は一時間、診察一五秒たまに血液検査と世間話。普段は「お酒どう、控えてますか?」。

そんなある時、血液検査を見て「人間の一生で飲めるお酒の量は決まっています、ゆっくり長く少しずつ美味しくいただく方がいいですよ」なんて言われ、確かにもうすでに普通の人の一生分のお酒を飲んでしまっているかもと思ったわけです。

それから、休肝日を設けるようにし休肝日カレンダーをつけるようになり、最高記録はなんと一年百三十五日の休肝日達成、でも大体は二桁日数かな。それでも、なんとか継続中。

奥様の大病

人生観を変える大きな出来事。

奥様が体調を崩し、近くの病院の老医師では一向に埒が明かず原因不明、何の病気かすらわからないまま日ばかりが経ち、結局なにひとつ見抜けず、大学病院の若き女性医師に診てもらってすぐに病気が特定され、大手術も成功。そのおかげで命拾い、本当に感謝です。

手術を含む入院期間中、家で一人になり、いかに今まで家のことを奥様任せにしていたか。自分は仕事だけしかしていなかったということを思い知らされました。

一人で夜、病院から帰ってくるなり、隣の家から「明日、来月からゴミ当番ですから、よろしくお願いします」とゴミ庫のカギを渡され、あまりに突然で「何それ」。何曜日が何のゴミの日かも知らず大慌て。

普段、冷蔵庫すら開けたことがなく、ほんと何もしていなかったので面食らうことばかり。

食事は外食で何とかなるものの、洗濯なんてしたこともないから、洗濯機の使い方すらわからない。何度か娘が帰ってきてくれ洗濯をしてもらう始末。

この入院期間中は本当に大変でした。奥様の偉大さに改めて感謝。家のことはすべて任せっきりだったと猛省。

今ではゴミ出しは私の仕事に。

そして、仕事の鬼からの脱却、夫婦の時間を大切に、協力体制をとるように。

結婚して三十七年、旅行好きということもあり、旅行してない年は一年もなく毎年最低一～三回程度は出かけています。

夫婦、二人の子供が生まれた家族で、またおじいちゃん、おばあちゃん含めて六人の大家族沖縄旅行。親父が余命宣告をされ、元気なうちに皆で沖縄に行こうと出かけられたのには親父もたいそう喜んでくれました。

奥様の両親と行ったのは台湾旅行。元気なうちに海外に連れて行こうと思っていたところ、慣れているハワイかグアムを案内すると言うも台湾が良いということになり、台湾は初めてで不慣れなため心配しましたが殊の外、人々は親日で食べ物も美味しく、一度でファンになりました。プーアル茶にはまり、翌年そのプーアル茶を買うためだけにもう一度訪れる入れ込みよう。

渡米

二〇二一年暮れ、突然娘婿が家族全員で来年からしばらくアメリカに行くと言い出しました。おいおい、一番下の女の子が夏に生まれたばかり。長男・次男も八歳と四歳、家族五人。もう決めていることなので、見守り応援するしかないわけです。

二〇二二年五月、家族全員で渡米。事前に住まいだとか諸々含め三月くらいに婿一人で準備に行くべきだと言うも、費用のことなんかもあり、いきなり本番一発勝負みたいな感じで出発。同行してやろうかとも思ったが、コロナ禍ということもあり、その時は見送り。

安倍元総理が暗殺された翌日の七月九日羽田に前泊し十日夫婦で渡米。羽田からニューヨークJFK空港へのJAL直行便は十日一一時発で同日の一一時JFK着。約一三時間のフライト。今までも何度となくいろんな国に行ってますが、一度として時差ボケになったことはないですが、このパターンは一番スムーズで着いてすぐ行動できるパターンです。

JFKには娘たち家族全員で迎えに来てくれて無事合流。

アメリカはもうほとんどマスクもしていない状況ですが、日本はまだまだコロナコロナしている時期でした。

帰国時七十二時間前のコロナ検査で陰性証明がないと帰国の飛行機に乗れないというルール。これが大変で、現地の病院で検査予約を取り検査、陰性証明書を貰う。娘に予約をしてもらい、ものの数秒の検査で一時間後に証明書を貰いに行くということに。

この一連の予約から現地での対応をすべて娘たちがやってくれたので良かったものの、旅行会社などに頼んでやっていたらこれだけで一日潰れるんじゃないかと思うほど。どうりで日本人旅行客はほとんどいないはずです。

このCOVID-19検査、日本語の話せるクリニックでの検査費用が一人250$、二人で500$。この時の為替は換算レートが一三九・六円、二人で約七万円、もうびっくりです。

JFKから車で約一時間、娘たちの住むマンションに。玄関フロントロビーには管理人が常駐している立派なところに住んでてこれまたびっくり。案外と子供たちも皆元気で何より。一番下の子ももうすぐ一歳。

二晩泊まって、マンハッタンへ。車で約二〇分くらい。宿泊先ミッドタウンのインターコンチネンタルホテルまで送ってもらい、その後、夫婦でNYを満喫。

ブロードウェイでミュージカル『オペラ座の怪人』鑑賞。今まで仕事でNYには何度も来てますが遊びがなく、初めて観て感動。この歴史ある『オペラ座の怪人』が三十五年の歴史に二〇二三年四月、幕が下りたのは残念です。

一つ今回のNYで感じたことは、今まで何度か見てきたブロードウェイ（鑑賞は今回初めてですが）終演後、リムジンが並んでいたところが一台もなく、代わりにあるのは人力車。街中でもほとんどリムジンを見かけなかったのと、サイレンとクラクションが四六時中鳴りっぱなしだったのもなくなり、凄く静かに感じました。地球温暖化はじめ環境問題に対する姿勢の表れかなと思えます。

日本はコロナ禍、景気も良くないけれど、アメリカのコロナ自体は日本よりもダメージは大きかったでしょうが、この時はもう完全復活、絶好調。タイムズスクエアには人が溢れかえっています。アメリカのニュースが流れる時にはいつもテレビに出てくるタイムズスクエア、テレビ画面越しでもわかる通りものすごい活気です。日本に閉じこもっていて、国内ニュース、その一部の情報だけでは想像すらできない世界を実感しました。まさにトップ・オブ・ザ・ワールドです、百聞は一見に如かず。実際に自分で行って肌で感じることがいかに大事かということです。

あらかじめ物価がすごいことになっているということは聞いていましたが、想像を絶する勢いです。五年前に行ったサンフランシスコのお寿司屋さんで働いている四十代半ばの寿司職人と話をした時、住んでるワンルームマンションの家賃が約四五万円くらいと聞いていました。シリコンバレーが近く、ハイソな人たちも多くNY並みの物価だし、犯罪率も高いということでしたが。それから五年、今回のNYのマンションの価格は聞けていませんが、物価に関しては半端なく日本の三・五倍くらいのイメージですかね。先のCOVID-19検査費用に関しては比較対象がないのでどんな程度なのかわかりません。

例えば、チャーシュー麵一杯が28＄、約三八〇〇円、インターコンチネンタルホテルの宿泊代は二泊で九万一二〇〇円、朝食が120＄、為替換算レートも高く一四二・五円で約一万七〇〇〇円。『オペラ座の怪人』は二人で384＄、五万三七六〇円。ルイ・アームストロング・エターニティ・バンドなど有名ミュージシャンが出演するジャズスポットBirdlandでのディナーは244・21＄、約三万四〇〇〇円。Uberでミッドタウンのホテルから JFK までは91・42＄、約一万三〇〇〇円など。

日本はこの三十年、平均年収は上がるどころか逆に三万円も下がって四四三万円。一方、アメリカは6万9391$、約九三七万円。日本の倍以上はありますが、それ以上の物価高です。それでも陽気なアメリカ人の消費意欲は旺盛ですし、貯金をするというよりも投資というお国柄なんでしょう。

この年（二〇二二年）の暮れ、娘から「もう帰国したい」のSOS。一番上の子が馴染めないいんだろう。日本での経験値がある程度あるだけに、英語でのアメリカ生活・学校についていけない部分が出てきて、キーンとなっているのでしょう。

ことはそう簡単に解決はしないでしょうが、すぐに飛んで行ってやることもできず、年が明け三月、夫婦で再び渡米することに。この三か月で多少落ち着いたのか、幾分平静を取り戻していて、ばあちゃんにも会えて一安心。

アメリカでの生活ももうすぐ一年になろうとしているが、アメリカは国を挙げて子供を育てる土壌があると感じるのは、テニス・野球・バスケットボールのNBA・アメリカンフットボールと何でもござれで、子供を無料で招待してくれる日があるのだとか。この約十か月の間に、これらすべてに無料で観戦に行っているわけです。全米オープンテニスの大会はあのナダルの試合の日だったり、NBAを見たりと、小さい頃から本物のプロのゲームを観ることで、いろんなものに直接触れられ、何に興味を抱くか可能性が広げられるわけです。

ちなみに、還暦オーバーの私でさえ、NYには何度も行ってますが、ヤンキーススタジアム以外はどこにも行ったことがありません。ましてやNBAや全米オープンでナダルの試合が観られるなんて。まあ、今、本人たちが具体的に何かがイメージができているわけではないでしょうが、時間とともにゆっくり醸成されていくことでしょう。

直近の四月、ヤンキースタジアムでの大谷さん、初戦はホームラン。WBC以来、東海岸ニューヨークでも知られるようになっている大谷さん、さらに認知されてきているようですが、この日は三試合目、さすがに無料招待の日だったかは知りませんが、家族みんなで観戦に行ったようです。残念ながらOHTANIさんはノーヒットでした。

そんなことよりも、そのこと自体、リアル体験が何より大事なわけです。子供たちにとっては非常にいい経験だと思います。日本とは根本的に子供に対する考え方が違うのです。スポーツに限らず、小さい頃からいろんなヒト・コト・モノそれも本物一流に触れることで刺激される感性、きっと何物にも代えがたい宝物になることと思います。「自分はこんなことがしたい」「あんな、選手になりたい」——その無限の可能性に胸膨らませられるのではないでしょうか。

今からもう半世紀前、自分が何も考えずに鼻垂れ小僧だった小学生の頃、今の彼らのような経験をさせてもらえていれば、どんなにか有意義で、その先進む人生の道を考える上で参考になっただろうかと思うと、そこはとても羨ましい限り。きっと、彼ら彼女らにとっては後々この時のいろんな経験が活きてくるだろうと思えてなりません。

今でこそ、ようやく日本も少しこんなムードになりつつあります。かの将棋の藤井聡太さん、学校の宿題や、高校をやめることについてさんざん世間は好き勝手言いました。本人の意思としては、意味のないことに無駄に時間を取られることより、集中専念して究めたいというピュアな気持ち、どうして既成のルールでしか考えられないのか、お年寄り（半分自分もそちら側にいるだけにつらいですが）の発想ではいけません。もう目覚めるべき、「過ちては改むるに憚ること勿れ」。体裁や体面なんかにとらわれず、いくつになってもすぐに改めたいものです。

さて、この三月の渡米、初日は三月十七日。この日はセントパトリックスデー。アイルランド最大のお祭りで、ご当地は祝日、クリスマスより盛り上がるとか。緑と三つ葉のクローバー「シャムロック」緑の衣類を身に付け、緑のビールを楽しんでお祭り騒ぎ。ニューヨーク5番街にはセント・パトリック大聖堂があり、この周りを中心に交通規制がしかれパレードもあって、歩行者天国は緑の人たちで溢れかえっていました。事前に娘から少しは聞いてはいましたが、実際そのタイミングにその場にジャストミートしました。どうなったか。

ＪＦＫ到着後、Ｕｂｅｒを呼んでミッドタウンの宿泊ホテル・ベルヴェデーレまでお願いしました。ドライバーに聞くところ、四〇分くらいで着くと。実際去年の帰りも同じくらいのところのホテルからＵｂｅｒでＪＦＫまでそのくらいだったからと思っていたところが、マンハッタン中心部に入ってきたあたりから様子が一変。そこら中が通行止め、ナビ画面で説明してくれているので状況はわかるのですが、どこもかしこも大渋滞でぐるぐる回り、結局一時間半くらいかかってしまい、料金もなんと151・79＄となり、去年の倍くらいかかってしまいました。

ホテルチェックイン後すぐに散策に出かけたら、パレード真っ最中。5番街にあるBarnes&Noble（本屋さん）に行こうと思うのですが、すぐ目の前にあるのに5番街が閉鎖、パレードの行進専用で人も渡れない状況。数百メートルくらい大回りをした先の横断歩道からやっとの思いでたどり着けたって感じです。

この日の夕飯はGallaghers Steakhouse。夕方五時の予約、五時OPENだと思っていたら既に超満員、みんな何時から食べているんだか。

夜八時、Neil Simon Theatreで『マイケル・ジャクソン物語』を鑑賞。マイケル・ジャクソン世代の私たちにはもうドンピシャ！　きれきれで最高の音楽とダンスショー。ある意味、去年の『オペラ座の怪人』よりも感動しました。

翌日は娘たちのところに泊まり、孫たちと遊ぶ。一番下の子がもう歩き出して娘は三人の子供をよく育てているなと感心しきり。

次の日は、みんなで車でLet's GO!　メトロポリタン美術館。

こちらも初めて訪れるわけですが、正面からだとセキュリティーチェックなどですごく並ばないと入れないところが、車で直接地下駐車場に入り、そちらからの入場はほぼノーチェックですっと入れるという裏技が。

ゴッホの自画像はじめ、これでもかの本物のオンパレード。しかも、写真撮影もOKですし、日本のように厳重警戒態勢というより、こんなにも無防備で心配になるくらい自由に見れて逆に驚き。

さすが大英博物館、ルーブル美術館と並ぶ世界最多のギャラリー数、やはり本物に触れることがいかに大事か。スポーツでも何に興味を示すかですが、おもしろいことにこの博物館では長男は絵画・芸術に非常に興味があるらしく、熱心に見ているのですが、どうやら弟は興味がなさそうで、つまらなくしています。兄弟でも分かれるんですね。

隣のセントラルパークの散歩はゆっくりしたかったけれど、三月とはいえ非常に寒い日で、早々に切り上げ。車でマンハッタンをドライブ、5番街を縦断し、ハドソン川沿いに出現した近未来空間ハドソンヤーズ。斬新な形の展望スポット「ヴエッセル」なんかを観光し、子供たちともお別れ。ホテルへ送ってもらいニューヨーク最後の夜を満喫することに。

しかし、家に着いて我々がもう帰ったと聞くと「次いつ来てくれるの」と泣き出す始末。自分たちは去年の五月に来てそのままずっとここにいるから、その時、どのようにして（飛行機で何時間）今ここにいるかなんてもうわかっていないのでしょう。日本にいた時と同じような感覚で、すぐに来てもらえると思っているようです。まあ、それも仕方ないことですが。

夏、七月頃にまた行くとするかな。

藤野英人さんとの出会い

二〇二三年四月二十五日、アメリカ、バイデン大統領（民主党・八十歳）が二〇二四年秋の大統領選への出馬を正式に表明と。野党・共和党ではトランプ前大統領がすでに出馬を正式発表しています。

バイデン大統領は公開されたビデオで、二〇二一年一月就任時に着手したこの仕事の仕上げをさせてほしいと訴え、年齢については全く心配ないというメッセージを発信。一方のトランプ前大統領は、米国の家庭は半世紀ぶりのインフレで壊滅的な打撃を受けたと。アメリカ史上、最も腐敗した大統領でバイデン政権は失敗だとし、ともに再びアメリカを偉大にしようと支持を呼び掛けた。

一方、世論調査では国民の約三分の二がバイデン氏もトランプ前大統領も再出馬すべきでないと考えていることが明らかになったという。

まだ一年半も先の大統領選、来年二〇二四年秋、世界情勢はどうなっているのか、日本の景気はどうか。新札発行、一万円札の渋沢栄一は幸運だから、好景気になるとも言われていますが、果たしてどうか。

その同日、二〇二三年四月二十五日、「ひふみ投信」などの運用を手掛けるレオス・キャピタルワークス株式会社が上場。

その代表者藤野英人さんとの出会いは、二〇一九年秋に発行された藤野さんの著書『投資家みたいに生きろ　将来の不安を打ち破る人生戦略』を読んで、これは！　とビビッときて、過去に出版されている本もすべて読み進めていったところ、どこかで聞いたことがあるなと思い出しました。何年か前にあるコンサル会社が主催された講演会でお話を聞いた方だとわかりました。

当時、社長に就任してまだ間がない頃で、確かいくつかダメな会社の特徴を話されていて、自社はそのうちの三つか四つ当てはまっていました。その時は「晴れの日にもかかわらず玄関に乱雑に放り込まれた傘立てが放置されている」と「玄関でスリッパに履き替える」。この二つが強烈で、帰社後すぐに改善しました。

当然これができたら良くなるという単純な話ではないですが、一事が万事スタッフ皆が一つになり意識改革をし整理整頓の心がけ習慣化に取り組みました。すぐに徹底もできませんでしたし、業績UPに繋がったわけではありませんが、言い続けやり続けることで少しずつではありますが上向いていきました。

SNS時代、「Twitterが出現した当時、私は社内で「これからはTwitterの時代、駆使していかなければならない」と宣言するも、あまり自分個人的にはしていませんでした。また、「Facebookがやってくると今度は「Facebookを活かさないと」と発破をかけるも言うだけで自分ではやらないではついてきてくれません。やはり、ここは本人が率先してやらなければとの思いで個人で毎朝投稿するようにしました。

それから、もう十年以上やり続けていますが、今や若者中心に主流はInstagram、FBは高齢化していると言われています。そのFBで信じられないことが起こりました。

藤野英人さん本人から二〇二一年六月二日、同じ藤野ということで友達申請をしてきていただきました。本当にびっくりしました。もうその時には「ひふみ投信」もやっていましたので、よろしくお願いしますということで繋がらせてもらうことになりました。

基本、藤野さんも毎日投稿されています。

そんなある日、富山県朝日町の古民家Dahra Dachaで、生藤野さんと会える日があるというのをUPされました。私はすぐに申込、受理していただきました。一瞬で定員に達したようですが、若干の追加も受け付けられたようです。

二〇二三年三月二十六日（日）当日は本当に有意義な時間を過ごすことができました。一緒に写真まで撮っていただき感謝です。

そこから一か月後の四月二十五日に株式上場をされているわけです。二〇一八年十二月、まさかの延期から五年後の上場。公募価格一三〇〇円で初値が一七三〇円とまあまあ堅調なスタートが切れたと投稿されていましたが、つくづく凄いと感心尊敬いたします。

始めるのに年齢は関係ないということも思います。

そのひとつ、投資について。

政府が積極的に投資を呼びかけ、ＮＩＳＡを打ち出したタイミングで積立ＮＩＳＡから始めたのが二〇二〇年二月、五十八歳の時です。

今さらこの年で始めてもねと思い、始めていなかったらきっと後悔したでしょう。

来年からはさらに新ＮＩＳＡがスタートします。考えてばかりで実行に移さなければ意味はなく何も変わりません。年は関係ない、思い立ったら吉日すぐ行動。

小さく始めてダメならやめ、違う方法で。いけるとなれば大きくしていけばいい。

会社での私の口癖は、

「仮説を立ててプチチャレンジしてみる、駄目ならすぐやめればいい、いけるとなれば全店展開するなど大きく打ち出していけばいい」

いいなと思ったら、即行動！

社長就任からのスマホ紛失

二〇一四年三月、二代目の代表取締役社長に就任。

二〇二三年四月二十一日、創業五十周年を迎えました。

金融マンからこの世界に入ったのが一九九〇年三月。毎日スーツを着て出勤するスタイルから一転、ジーパンにTシャツ、思いっきりカジュアル。周りの人には毎日が休みのようで、お気楽ご機嫌で楽しいことだらけに映っていたようです。当然、ストレスなんてあるわけないかのように。実際、直接言われたりもしました。しかし、人間誰しも大なり小なりストレスはあるでしょう。いかにうまく付き合うか、どう発散するかですよね。

社長就任後はお酒の量が増えました。

ストレスが溜まった時に行う行動は何ですか？　フィンランドで五千人以上の男女を対象に行われた三十年の追跡調査というのがあるらしく、それによると、男性はお酒、女性は食べること。

太っているのはだらしない、自己管理ができていないと評価する人がいます（アメリカではそう見なされても仕方ない）。ストレスを緩和する方法にお酒や食べ物を選ぶ習慣ができてしまい、そこから抜け出せなくなってしまっているだけなのかもしれません。

飲んだり食べたりすること以外のストレス対処法はないものなのか。飲み過ぎ食べ過ぎは体に悪い、身体にダメージを与えることなくストレス軽減ができる思考、行動習慣を身に付けられれば幸せになれるのでしょう。

思考が変われば、行動が変わる。行動が変われば、習慣が変わる。習慣が変われば、人生が変わる、と思い人生の目的、幸せになること。健康で楽しい毎日を。

二十年前は何をそんな年寄り臭いことを言ってるのかなんて思われていた節もありましたが、六十歳を過ぎた今となってはリアルであります。

命にかかわる奥様の大手術で大きく価値観が変わり、それまでの生き方を見直し感謝の気持ちで日々ちっちゃな幸せを感じ暮らせるように変わったこと。今、人生がやり直せるならばと思うより、まだ間に合う、今から好きなことをやって生きていこうと思うようになれた。仕事・人生観の見直すきっかけにもなり、六十歳でリタイア、FREEという目標が掲げられた。

しかし、コロナによる世の中の急変。一気にスピードを増して訪れた社会環境の変化。コロナがなければ、まだ十年は訪れなかっただろう社会が突然目の前に現れたものの、結局は順応できていったわけで、昔から十年後にはなくなる職業・職種なんてことも言われてきましたが、一気に前倒しでやって来ただけだと。

Chat GPT。Open AIが二〇二二年十一月公開の人工知能チャットボット。

この出現で、専門家によれば「ホワイトカラーの仕事のほとんどすべてに何らかの影響がある可能性が高い」と言われています。

新しいものに対しては否定的でひとまず反対の声は必ず上がります。既得権益が脅かされそうな場合には特に高まるのでは。しかし、今回は四月にCEOサム・アルトマン氏が来日し岸田総理と面会したということ。そこで氏曰く「日本での普及が予想以上であり、日本でより利用しやすくする用意がある」と提案。

これが原因かどうか定かではありませんが、国・政府としてもいつになく最初から積極的に感じられます。自治体では全国初、神奈川県横須賀市が市の業務への活用を試験的に開始したというニュースも。

最初から完璧なものはないでしょうが、鵜呑みにすることなくいい部分を理解し、うまく利用することで時短や効率化が図れるならば利用すべきだと思います。日本は深刻な少子高齢化、人口減で労働力不足が問題視されていることに何らか少しでもプラスになる部分があるならば利用する価値もあると考えてみることも必要ではないでしょうか。

二〇二三年四月二十九日、群馬でG7デジタル技術相会合が開催されました。AIは恩恵があるが同時に課題もあると。例えば誤情報を事実として認識してしまったり、技術の悪用乱用が著作権の侵害になったり。そこで、AIの利用に伴うルール作りについて日本が議長国としてG7が連帯し、人間中心のデジタル変革を進めたいという意味では、まさにいいタイミングの開催となったのではないでしょうか。

デジタル社会、今既に携帯（スマホ）は電話機能というより日常のあらゆるシーンすべてにおいてなくてはならないツールとなっています。新幹線、飛行機、ホテルの予約から銀行の窓口機能、振込など。また各種いろんな便利なアプリ。PayPayなどのキャッシュレス決済、UberやGOなど。

去年、滋賀県が行った「買って応援！　使ってお得！　滋賀を元気に！　しが割」という全国でも初の画期的で最大30％割引という支援策もLINEアプリがなければ利用することができないわけです。

そういう意味では情報弱者、デジタル難民が生まれてしまっているのも事実。お年寄りで使えない人にとっては不利な状況で、知っている人だけが得をするようなことが以前から起こっています。私は新幹線のＥＸなんかも十五年以上前から利用していますが、窓口に並んで普通に切符を買うよりスマホで簡単便利にしかもお得に予約できます。

今まで以上のサービスが今まででは考えられないくらいに簡単便利に利用できるようになり、しかも時間もお金もセーブできて、キャッシュレス・チケットレス、切符もないので当日忘れる心配もいらないわけです。

既に訪れているリアルなデジタル社会、世界レベルでのインフラ整備が進んでいるわけで、実際今アメリカへ行くのも旅行会社の窓口で手続きする必要もなく、Ｕｂｅｒがあれば、ＮＹ・ＪＦＫ空港で怪しい高いタクシーに捕まることもなく、適正価格で移動できるわけです。

それこそ、初めて行った四十年前のアメリカからは想像もできない時代です。当時は学生ながら、わずかな現金とトラベラーズチェックを持っていきましたが、トラベラーズチェックなんかは今もうなくなったのではないでしょうか。

こうして一度便利な状況が当たり前になってそれに慣れてしまえば、過去の状態に戻りたいと思うでしょうか。

青春時代、当時を懐かしみ学生時代のあの頃に戻りたい。なんて、言う人がたまにいますが、私にはそれはないです。

アメリカのサミュエル・ウルマンの「青春の詩」

"Youth is not a time of life ; it is a state of mind"

「青春とは人生のある期間を指すのでなく、心の持ち方を指すものである」

この詩が好きで、歳は関係ない、いくつになっても気を若く持ち、人生、今これからを健康で楽しもうと生きています。


そんな大事なスマホ、今となってはなくてはならない存在の紛失騒ぎ。

去年秋のこと、草津で飲む時いつもは泊りにしていたのですが、たまたまその日はまだ早いし、今日は大丈夫JRで帰れると新快速米原行きに乗車、彦根駅でしっかり降車、さすがちゃんと帰れたねとなって、一安心トイレで用を足し、いざ改札。

なんと、スマホがない。今の電車に落とした。

もう一瞬真っ青になりました。ここは冷静にですが、なかなかのパニック状態。

電車で落としているのは間違いないから、改札で駅員さんに車両のどのあたりに乗車していたかまで詳しく伝えている自分。「今頃隣の終点米原到着で車両点検後、車庫に入るから探してください、何なら今から米原まで取りに行きます」と。

しかし、一向に埒が明かない状況が続き、「連絡はしますが今日今の時点でできることはここまで、紛失届を出してください」と。

途方に暮れ、家に電話をしようにも携帯がないわけ、近くに公衆電話もない。

どうする、かに蔵。

思わず、いつも行く駅前のスナックに駆け込み、ママに事情を話し、電話を借りて家に電話、あきれる奥様。

あきらめきれず、ママにお礼を言って店を出てもう一度改札に行ってみるも米原駅との連絡も進展なし。泣く泣く帰宅。

さて翌日、代替機を手配しないと翌々日からは結構ハードな出張スケジュール。携帯がないことには非常に困ったことに。

ドコモの担当の方に、何でもいいから代替機を用意してほしいとお願いしても、丁度今、4Gと5Gの切り替えのタイミングで結果的に一旦、新しく5G機種を買っていただくことが最短でのお渡しですと言われてしまい、従うしかない状況に。

なんと、最新機種のお値段約二十万円、マジか今そんなに高いのみたいな話ですが、旧機種を買えなかったのか、そこはもうどうだったか忘れてしまいました。

何とか翌日、手配完了。最低限ダウンロード・復旧し、出張にGOできました。

もうほんと何やってるんだか。あらゆるものをこの中に入れてましたからそれこそ大変でした。まあ、危機管理含めもしもの時に備えておく大切さも痛感しました。

酔って電車に乗る時は充分気を付け未然に防げることには万全の対策を心がけようとしばらくは自粛するもまた日常が戻るというお話。

結局、三ヶ月くらいして姫路駅で発見されたと連絡が来て取りに行ってみると何事もなかったかのような状態（もとのまんま電源が落ちているだけ）でした。この間、姫路―米原間をこの新快速電車は何往復していたのでしょうか。

きっと、想像するになんのカバーもせずそのままの携帯ですから座席と座席のすき間かどこかにすっぽりとハマっていて、普段ふつうの乗降では気づかれず、ＪＲの車両点検・清掃で発見されたようです。

その後、初期化して友人に安くお譲りしてこの件も一件落着。

父の思い出と退職後

さて、父親について。

若くに親父を亡くし、高校卒業と同時に十八歳でお役所務めをし、家族を養って五十五歳の定年までの三十七年間一生懸命働き退職。その後は大好きな畑仕事をして七十七歳の生涯。本人にとってはどんな人生だったのかは定かではありません。家族構成は、父の母(祖母)、母、姉二人の私は末っ子。子供の頃、各家庭にはマイカーが普及し始めた頃か。免許を持たない父、だから当然、我が家にマイカーはなし。別にそれに関しては特に何の感情もなかった気がします。

平凡な普通のどこにでもある田舎の家庭が丁度当てはまるのかな。

とにかくお酒が好きで毎晩飲んでるわけですが、強いわけでなくいつも酩酊しているイメージで感心できませんでした。

大人になったら反面教師、あんなふうにはならないでおこう。と思っていたのに同じようにいやそれ以上に飲んでいる自分がいます。

親父も何度も酔っぱらって帰ってきては事故にあったり、川にはまったりしていました。救急車、出血などもあったわりにはいつも大事には至っていませんでした。

まったく、懲りない人だわと思いつつ、そこも同じ、結局親子か。

そんな親父の働く姿、家族を養い定年まで役所仕事を全うしたこと。三十七年間というものが自分の中で一つの区切りのような認識だった気がします。

大学を卒業して二十二歳で就職、三十八年働けば親父の三十七年よりも一年長くなるわけで、丁度そこで六十歳還暦。昔の定年五十五歳から当時の定年が六十歳、そして今は六十五歳からいずれ七十歳への移行段階。漠然としたイメージでもって、自分もこのあたりでリタイアすればそれなりに格好がつくんじゃないかなと思っていたものの、世の中こんなに激変するとはその時点では想像できませんでした。そして、今もう六十一歳、丁度、社会に出て四十年目、社長に就任して十年目の春を迎えています。

思いがけない転職からの、がむしゃらに突っ走った三十年。妻の生死にかかわる大病、時代の変化、考え方や価値観も大きく変わっていく中で、あえて六十歳還暦退職に向け進もうとするも、まさかのコロナ。

しかし、会社にとってはある意味、このコロナショックをプラスに転じさせることで次世代対応型組織へと生まれ変わり、三代目への事業承継ができるような体制が整えられたということになりました。そして二〇二三年四月二十一日めでたく五十周年の創業記念日を迎えることができました。

本当に、社内ではいつも言っていることですが、五十年なんて奇跡であります。

十年前の社長就任時の所信表明「会社は何もしなければ潰れる、今までここまで来れたこと自体が奇跡。世の中の流れの変化に順応し日々進化し続けなければ存続できない。地元のお客様にとって潰れてもらっては困る、なくてはならない存在であると思ってもらえるにはどうするべきか。そして、お客様満足よりも先に従業員満足。スタッフが楽しく幸せであるためには、やったスタッフが報われることが一番大事でありその結果として、お客様の満足度が高まるという考えでこれから会社を運営してまいります」としました。

ある意味、成長でなく膨張と感じていましたから、わが身を引き締める意味においてもいいタイミングだったのかなと。

去年九月の時点で、私は今年五月末の退職・退任、現常務で創業者の長男が三代目社長に就任し六月一日より新体制でスタートが切れる状況を作ることができました。

　それを受け、社内的にも今年一月に方向性を発表し、この五月の株主総会で正式決定後、社外発表という流れになります。

還暦からの

さて六月からの私について。

何もせず、しばらくはのんびり、ゆっくりする。熊のプーさんの名言「僕は毎日なにもしないをやってるよ」。こんな心境かなと。

一部の人に話すと、「本当に何もしないのですか？　そんなの数週間も持たない、無理、無理」なんて。

私より若い現役の人がそんなこと言っても説得力ないんですけど。

実際、この四十年で経験したことのないゾーンに突入するわけですから、なんともわかりません。

とりあえず、六月、ぷら〜り、北海道気ままに一人旅に出よう。そこでなにかビビッと感じることがあるかも。

毎年旅行には出かけているものの、行先が偏っているため日本でもまだまだ行ってないところがいっぱい。ものの見方、視野を一度変えるチャンスでもあったりするのかも。

七月にはまた夫婦で、今度は少しスケジュールをゆったり組んでアメリカニューヨークへ、孫たちも夏休みだろうから少し違ったところへ出かけてみるとしますか。ほんとは前回行った時にまたいつ来るのと孫に泣かれていなければ、いったんは六月か七月に夫婦で、それこそ、ハワイにのんびりしに行こうと思っていたのがどうやらこちらは後回しになりそうですね。

お金のことも考えないといけません。年金問題、老後2000万円問題。

人生100年時代といわれ、人の寿命がだんだん延びてきています。私の住む滋賀県は、男性の平均寿命が82・73歳で全国一位に、女性は88・26歳で第二位になったそうです。個人的には平均よりも、健康寿命の方が大事だと思っています。

しかし、人生いろいろ。人それぞれ環境も違えば家庭環境や価値観も何一つドンピシャで同じ人、家庭なんてありませんから。一般論を気にしても始まらないと思っています。

多くの人は、長期の休みが取れたら、お金がいくら貯まったら、定年になったらと、やることを決めがちですが、これはなかなか実現していないと感じていました。長期計画過ぎて、今現在の自分の体力でそのままイメージしていますが、きっと実際はその時とは、十年も二十年も先の話であることが多く、結局、いざ時期到来となっても実行に移せていないというのが、私が知る諸先輩方の大半であるように思えてなりません。

ですから私の場合は、今までもそんなに先延ばしすることなく海外なんかは特に、元気に楽しくＥＮＪＯＹできるうちに行った方がいいという考えできています。

学生時代から旅行が好きでアメリカ以外もいろんなところに出かけていますし、Ｂ級グルメでお酒も大好きですから、お金が貯まるわけがないのです。しかし、今しかできないコト、お金で買えないモノがあるとずっと思ってきたものですから、後悔はありません。

投資ということに初めて関心を持ってしてみたのがＮＩＳＡで、五十八歳という遅すぎるデビューであります。それでもその時まだ躊躇し、一歩を踏み出していなかったら今はないわけで、この三年でも大いに勉強になりましたし、視野も広がりました。

日本人はとにかく投資より現預金と言われて久しいわけですが、死亡時の現預金残がピークで三〇〇〇万円以上ともいわれています。墓場に持っていけないのにと言われていますが、笑っていられない現実のようです。挙句にその遺産については、残された者たちの相続が争族の元になってしまっていると。

お金は、生きているうちにどのように価値ある使い方ができるか。これは十人十色。それぞれの人生観・価値観により違ってくるでしょう。

しかし、死ぬ時の現預金がピークになるのは避けたいなと思っていたところ、ビル・パーキンス著『DIE WITH ZERO』というおもしろい本に出合いました。死ぬ時に丁度0円ということですが、使い切る。寿命なんてわかりませんからそんなにうまいことできないと思いますが、今はだいたい何歳くらいで死ぬかがわかるようなアプリもあるとか。やってはいませんが。それはともかく、元気で楽しめるタイミングを逃してやみくもに貯めこむよりも、よほどいい考え方だとも言えます。

五月に入り、アメリカで過去二番目となるファースト・パブリック・バンクの経営破綻のニュースが。三月のシリコンバレー、シグネチャーに続いての三行目。さすがのアメリカも今までのようなペースとは変わってくるのでしょうか。今度、七月に行く時までには何らかの動きがあるのでしょう。

一方、四月にアップルが全米で銀行的な取り組み、預金業務を開始すると。ゴールドマンサックスと組んで、アップルのクレジットカード利用者を対象に当面、年4・15%の高利回り預金を提供。全米貯蓄口座の平均の0.3%と比べれば驚異的な数字です。アップル経済圏の拡大となり世界に広がるかどうかはまだわかりません。

日本でも、PayPayが八月より自社カード以外の他社クレジットの締め出しを発表。新規は七月よりできなくなり、既存の他社カード登録利用者も八月以降使用できなくなるということで、利便性が低下すると感じる人も出るでしょう。私もそのうちの一人です。PayPayカードへの囲い込みが目的でしょうが、メインカードを決めている人にとっては分散することや、複数枚のカードを所有する煩わしさなどから敬遠される方もおられることでしょう。双方がどこでトータルメリットを感じあえるかではないでしょうか。PayPayとしては二〇二二年度の決済取扱高が十兆円を突破し、トータル的には魅力的な還元を実施し、総合的な検討判断の結果ということのようです。

このPayPayに関して。

私は、二〇一九年二月あるセミナーで、現Zホールディング会長で当時ヤフー(株)の社長の川邉健太郎氏から直接、二〇一八年十月にスタートしたばかりのキャッシュレス決済PayPayについての壮大なBIGデータ構想を聞いて、これは間違いなく来るなと思いました。経済インフラ、お金に関する概念においてこれはゲームチェンジャーになるのではないかという漠然たる予感がしました。

帰社後、すぐに全店でPayPayの導入を決め、取り扱いをスタートしました。

ものの数ヶ月で一気に利用者は増え、次々と行われるキャンペーンでさらに加速度的に利用者、利用金額が増え、遂には行政がらみで展開され出したキャッシュバックイベントが最終決定打となったような気がします。今では登録ユーザーは五千七百万人ということですから驚きです。

ここまでくると、「えっ、ここ日本円使えないの？」と同じレベルで、「ここ、PayPay使えないの、じゃいいです」となりかねない状況です。

昔からキャッシュレスでカード派の私は、「ここ、カード使えますか？」と遠慮がちに聞いていたのとはまるで正反対です。

この時の経験もそうですが、情報をもとにある程度近未来は予測できるのかなと思えたりもします。

二〇二三年五月三日、快晴。

四年ぶりの行動規制のないゴールデンウイーク中盤。高速道路、新幹線、飛行機は渋滞、満席、帰省客、外国人観光客に海外脱出組と大賑わいです。

私のゴールデンウイークはいつもいたって平凡。五月三日、奥様の実家のお祭りにお呼ばれに行くだけ。

今朝も普通、ウオーキングは少し長めのコースでスタート。お休みの方が多いからか、人通りも車もめっぽう少なく快適。通勤を車からウオーキングに変えてもう二十五年以上になりますが、休みの日も基本的にはウオーキングに出かけます。

五月新緑の候、一番気持ちいい季節かも。何を考えるともなく、町の風景、季節の移り変わりを見て肌で感じながら歩くことが習慣となっています。おもしろいもので、ひょんなことからふとアイデアが浮かんだりもします。いろんなところ、カタチ、ランダムにインプットされた情報がふとした瞬間に、ばらばらのパズルのピースがつながったりすることも。

ある程度想像がつく近未来にはそれなりの備えというか、自分でできる対応策は考えておくとして、考えてもどうにもならないことに振り回されることなくこれからの自分の明るい未来予想図を描こうとするかな。いくつになっても、わくわくドキドキで感動できる心をもって、好きなことを楽しくする。

そのためには、やはり健康が一番。死ぬまで元気に歩けること、ピンピンコロリが理想ですね。世の中の役に立つなんてことはおこがましい話で、せめて迷惑をかけないように。

家族にも年寄りのお荷物にならないように宣言して行動すべきかな。

もう奥様には「充分迷惑かけてもらっています」という声が聞こえそうですから、これからさらに家でゴロゴロしていたら火に油になりかねませんね。

お金のこともちゃんと向きあわないといけません、ないならないなりに。まずは現状把握、これからどう設計していくか。年金や保険、入りと出、優先順位。

六月の北海道、七月のアメリカとお金を使う方だけが先行してしまって「あっちゃ、老後の資金がありません！」とならないようにしないといけませんね。天海祐希さん主演のこの映画観てないから、一番にこれ観ることからスタートかな。

感性を磨き、退職へ

感性を磨くという意味では、今までは映画を観たり、奥様に連れられ宝塚歌劇団に行ったくらいで自主的に自分からは行動が起こせていなかったこともあり、このタイミングでギアチェンジしていくことに。アクションプランは歌舞伎・芸術・美術鑑賞・ブロードウェイミュージカル・コンサート・落語・お笑いライブなど。

代官山で甥っ子の結婚披露宴出席のため二〇二一年十一月十二日夫婦で東京へ。

この日は恵比寿のウェスティン東京宿泊（非日常）。そのタイミングで初めての歌舞伎へ、二〇二一年十一月十三日、歌舞伎座で愛之助さんを一等席、花道横一・五メートルで観られたのはデビュー戦としては良かったのかな。九代目松本幸四郎、現在二代目松本白鸚は「ラ・マンチャの男」の方がもう少しわかったのかも。当日の演目はどうだったのか、力なく感じたのは気のせいかな。

二〇二二年四月、大阪・京都、夫婦で芸術美術ふれあいツアーへ。

二十二日、大阪梅田芸術劇場にて舞台「千と千尋の神隠し」(主演：上白石萌音)。二十三日、大阪中之島美術館。二十三日は普段の祇園APAホテルでなく、星野リゾートOMO祇園に宿泊。二十四日、京都南座で都おどり。

こんな風に明確にターゲットを絞って行った旅行は初めて。

五月十日、東京出張にあわせ足を延ばして角川武蔵野ミュージアムへ。高さ約八メートルの巨大本棚に囲まれた図書空間、本棚劇場は圧巻でした。

二〇二二年十二月四日、京セラドーム大阪。桑田佳祐「ソロ35年目、感謝と恩返しの〝5倍返し〟ツアー『お互い元気に頑張りましょう!!』」コンサートへ。私も今66チャイ(歳)、皆さんもそれなりにと、スロースタート宣言にもかかわらず、アリーナ席、会場は最初から総立ち、六十歳還暦が気後れしてしまうほどのパワーでした。

二〇二三年三月のアメリカツアーは先述の通り、ブロードウェイ・ミュージカル、マイケルのショーにメトロポリタン美術館と一流に触れることに。

もうしばらく来ることもないだろうな。インテックス大阪、ここに来るとフェリーさんふらわあを見て学生時代の船旅を思い出すのが常で、この日はもうすっかり夏の暑さで南国トリップ気分を少しだけ味わえた感じです。

宿泊先は二月に開業したアパホテル&リゾート大阪梅田駅タワー。もう三十年以上通っているお初天神のライブハウス・ニューサントリー5にも近く泊まるのはこの日が三回目かな。APAホテルは一秒チェックイン・チェックアウトが便利でそこが気に入っているのですが、この日のチェックアウトはエレベーターが何度も満員でスルーという事態に遭遇、それだけ多くの宿泊客がおられたのだなとびっくりです。

さて、ニューサントリー5。ザ・ぼんちのおさむちゃんも毎月出演されているおはこで何度もお会いしてますが、今月二十八日（日）には円広志昼下がりライブが行われるそうです。昼ライブは今までなかったような気がしますが、いろいろチャレンジされます。一九七〇年創業の老舗で、マスター夫妻はもう八十歳を超えられていますが非常に元気で毎日出勤されています。私が今月いっぱいで退職して、しばらくゆっくりすると言ったら一言、「ボケるで」。「まだ若いんだから、体を使う仕事をしなさい」なんて言われてしまいました。長老の貴重なご意見参考にさせてもらわないといけませんね。

五月十九日、最後の店長会終了間際、参加メンバー全員からのメッセージとプレゼントをいただき、思いもしていなかっただけに驚きました。

基本は、かに蔵ワインをメインとしながらも、いろんなモノがいっぱい、その場ですぐには見れなかったので、翌日、家でゆっくり全スタッフからの写真入りの寄せ書きとともにプレゼントも見せてもらってこれまた驚きです。「かにぞう」の刺繍の入ったタオルや感謝の金字塔入りワイン等々、皆様、ほんと芸が細かい、すばらしいお品の数々、感激しました。

長いようであっという間の三十三年、後半、社長としての九年余りはどちらかというと大変だったかも。スタッフの満足度を高められたかは自信がないですが、コロナ禍を乗り越え創業五十周年を迎えることができ、三代目への事業承継ができたことは良かったのかなと思っています。

十九日の夜、私が社長就任時抜擢した三部長が送別会を開いてくれました。二〇一四年当時、彼らには三本の矢ならぬ三本柱の部長として、組織経営の中心となっていってほしいとエールを送ったわけで、よくやってくれました。

その席上、かに蔵本舗開業、執筆活動を始めていることなど話すと大いに興味関心を持ってもらえたようで、タイトル「かに蔵」ですでに人生十人十色大賞に原稿用紙八十枚相当以上で応募したことを話すと、「ぜひ読みたい、一五〇〇円で買う」と言う者も現れ、その夜はおおいに盛り上がりました。

京都祇園木屋町

京都南座近く祇園花見小路、四条通り沿いを少し奥に入った日本料理のお店。もう十年以上前に、入口立て看板に中村獅童のポスターが貼ってあるのを見て入った気がします。鰻が美味しく、カウンター席があるので一人でも気軽に行けるため何度か通うようになっていました。京都の友人とも何度か行くようになり、この二月、六十一歳の誕生日には友人がその店でシャンパンを用意してお祝いしてくれたり。

もう随分前になりますが、板野友美によく似た学生バイトが入っていた頃には一緒に写真を撮ってわいわい話をしたり。

実はこのお店、歌舞伎役者さんが集うことでも有名で、南座への差し入れなんかもされているようで、店内にいろんな歌舞伎役者のサインだとかポスターが貼られています。知る人ぞ知るお店なのですが、飛び込みで入った当時、私はそんなこと知る由もありませんでした。

五月二十日（土）、テレビで市川猿之助さんのニュースが流れ、インタビューにこの「かぼちゃのたね」の大将が出られて、東京銀座辺りのお店だろうと思って見ていただけにびっくりしました。大将、テレビ映りいいじゃないですかと思い見入ってしまいました。行き始めた頃の大将はそれこそ恰幅が良いというか、結構太っておられたんだけど、こんとこ随分スマートになられましたよねと話していたところだけに、テレビ映りもいいじゃないなんて一人感心してました。

京都ついでに、もうひとつ孤独のグルメ。

木屋町のおばんざい料理のお店「あおい」。三条京阪からほど近いニュー京都ビル1Fの奥、このお店もぱっとはわかりにくいお店。ここへは、最初、友人に連れて行ってもらいました。

近くにあるお店で働いておられた女性が独立されもう八年から九年になるのかな。オープン直後からですから、こちらも通いだしてもう七年以上にはなります。

カウンターに並ぶおばんざいが美味しいのと、元気いっぱい明るい女将のトークに多くのファンがついていると感じます。とにかく人気で一人でもなかなか入れない人気店です。東京はじめ遠方からの女性一人客も多いです。どうやって探し当ててくるのかおじさんにはよくわかりませんが、とにかくいつもスタートから満席になります。コロナ前なんかは予約なしでぷらっと一人で行っても「無理」って平気で言われて、たまに仕方ないからカウンター横の細い通路で立ち飲み、三〇分一本勝負みたいな感じでした。

京の季節野菜を使ったおばんざいや、ゆばさし、しのだ巻きなんかが美味しいのと、日本酒にもこだわられてます。滋賀県の佐藤酒造・山田錦・純米吟醸酒「生乍自由」も、取り扱いいただいてます。

生乍自由

BORN FREE。一九七三年四月二十一日、二十四歳の堀江青年が彦根市京町にてたった六坪、一人でジーンズショップをOPENしました。映画『野生のエルザ』からとっているのですが、当時から和名は「生乍自由」、生れ乍らに自由ということであります。

創業四十年を迎え、二〇一四年、私が社長に就任の一年後くらいに、二〇一〇年長浜市にて創業の佐藤酒造さんから創立五年を記念し新しいお酒を立ち上げたいが、「生乍自由」のブランドでやらせてほしいと、佐藤社長から弊社会長に申し出があり、会長がそれを了承し新ブランドが誕生したというわけであります。

滋賀県長浜産の山田錦１００％、精米歩合50％の純米吟醸酒。

二年目には、弊社の店舗にて試飲販売会を開催しました。その時に、「あおい」の女将をお誘いしたところ、京都から着物で駆けつけてくれて、試飲後、勇ましくも一升瓶二本を買って帰ってくれました。すぐに店で滋賀のお酒で提供してくれたというわけであります。

一昨年には、リンゴ酸高生産性酵母28号を使用し、清々しいリンゴのような酸味とやさしく広がる旨みのお酒にされたということで、佐藤社長と一緒に「あおい」に持参し女将さんに飲んでいただきました。女性客が多いからうけるだろうとのことでした。はっきり言って私には以前のより甘くなった印象が強かった気がします。

そして二〇二三年五月十八日、インターナショナルワインチャレンジ2023の「SAKE部門　純米吟醸酒の部」で、この「生乍自由」が銀メダルに選ばれたということで、今年のその新酒、さっそくいただきました。

確かに去年と比べて甘さが抑えられ、すっきりした飲み心地でした。はっきり言って今年の方がいいかな。近日中に瓶詰めされ出荷予定ということで、また「あおい」さん、よろしくお願いします。

最後の出張

さて、明日二十三日から二十六日までは名古屋・博多・広島へのロード。

名古屋ケントスナイト。こちらももう二十年以上通っているライブハウス、以前は全国各地にあり、ほぼ全制覇していました。しかし今では東京銀座と六本木、ここ名古屋くらいしか残っていないのではないでしょうか。双子の女性ボーカル「ちーにゃん、みーにゃん」が人気でした。この十五年くらいの期間に、当社の大型路面三店舗では、このバンドに来てもらってお客様とライブを楽しみました。また、創業四十周年の記念パーティーでは、プリンスホテルでのライブも決行し大いに盛り上がりました。今は双子のボーカルは結婚し、たまにはソロや二人一緒にケントスや近くのライブハウスに出られています。

ケントスにほど近い地下にあるライブハウスに出るからとFBでUPされてるのを見て、何度かそのお店に行くも入れず、その途中のワインのお店に行くようになり、結局そっちの方の常連になっているというおもしろいお話。これも、孤独のグルメ。

錦三丁目の地下のお店で、普通ならなかなか一度でたどり着けないというか、見つけられないであろうワインとチーズの専門店。店内は天然木の癒し空間になっていて、一発で好きになりました。店名はＵｎｉｃｏ。

自分が気に入ったお店や感動シーンはできる限り奥様にも体感してもらうようにしていますので、当然、今ここに登場しているお店はすべて一緒に行っていますから、その時は孤独のグルメではありませんね。

新幹線で名古屋から博多まで三時間二〇分、大人の遠足、お弁当はおこちゃまハンバーグランチ。ＪＲ博多駅のお隣竹下駅から歩いて、ららぽーと福岡を視察。

夜は水炊き、そしてなんといっても締めは屋台。その前にスナックに。

飛び込みで中洲のスナックに。「メンバーだけですか」と尋ねたら、きれいなママさんが「大丈夫ですよ」とシステムも説明してくれて入ることに。店のボトルで九〇分飲み放題六〇〇〇円、とても明瞭会計。しかもわがまま言って「バーボンありますか」と聞いたところ、なんと今手に入らないＩ．Ｗ．ハーパー12年を出してくれました。いいママさんでした。

そして、屋台のちび餃子、美味しかった。隣の席には韓国からの女性二人組、中国、韓国の旅行者がすごく多いなと感じました。

博多から広島へ。今回のG7サミットが被爆地広島で開催され、ウクライナのゼレンスキー大統領も急遽駆けつけたということで、三年ぶりに訪れました。

路面電車に乗って原爆ドーム前へ、外国人観光客や小学生の団体旅行に個人の方々と非常に多くの人でにぎわっていました。関心の高さをうかがい知ることができました。

夜はお好み焼き屋さんへ。そこの店長に紹介してもらって二軒目のスナック、どうやら同じ名前のお店が何軒かあるらしく、「お好み焼き屋さんからだと一本隣の筋の別の店じゃないかな」とママに言われ、探しに行くも見つからず、結局そこに戻り、「ほんとは一見さんは断るけん、でも悪そうな人には見えんけん、どうぞ」となりました。

デジタル名刺〈かに蔵〉を見せたら、「ワインが好きなら先日買ってきたワインがあるけん、一緒に飲むか」となり、先客の常連さんと飲むことに。

広島からほとんど出たことがないというママさんは、けんけん、けんけん、はっきり言ってあんまり何言ってるのかわからなかったけど、悪い人じゃないんでしょう。

「お支払いカードでお願いします」と言ったら、「電源入れるから少し待って」と言われて、びっくり、どうやらカードで支払いするお客様は滅多におられないということでした。

カウントダウン

五月二十七日大安の土曜日、Facebookで五月末で退任退社のご報告。

いよいよカウントダウン、あと五日。

私は六年前に還暦での引退を目指していましたが、実際は一年遅れて今年六十一歳三か月での退社となります。

第二の人生の生き方・働き方について、五十代・六十代の約八割の人が、健康なうちは働き続けたいと思っているようです。確かにボケたり、健康を害するといったことにもなるのかもしれません。「時間を持て余す」とか「耐えられないよ」と言われますが実際やってみないことにはわからないのかも。

ちなみに、毎日「何もしないをする」という、くまのプーさんの名言や如何に。

二十七日・二十八日と二日連続で休肝日として二十九日の部長会のメンバーによる送別会に備えることにいたします。

さて、二十九日の送別会は彦根駅前のお肉料理のお店にて開いてくれました。公認会計士の先生もわざわざ名古屋からヴィノスやまざきでお祝いに赤ワイン二本を買って駆けつけてくださるというサプライズも。

このヴィノスやまざきの山崎社長とも十五年以上前にセミナーで知り合い、当時としては走りの有料試飲会を目黒雅叙園で開催され参加しました。数年前にはジョエル・ロブション恵比寿でのワイン会にも参加させてもらいました。なんとも不思議なつながりを感じます。

三十日はもっちゃんこと元専務望月氏の運転で草津方面へ同乗、車中、最後の思い出話に花が咲きました。

草津三店舗をまわり、出勤スタッフとお話を。限られた人だけにはなりましたが、最後に直接話ができたことを喜んでいただけました。

その日は、三十年以上通っている和食の「たきもと」さんへ一人で行くことに。なんと、茹でずわいがにがあるとは思いもしませんでしたが、引き寄せられたのかな。

名古屋、博多、広島の話に次いで名古屋ケントスのバンドを呼んで草津の当社スーパーストアでライブをした時の話になり、大将と随分盛り上がり、一緒にＪＡＺＺライブハウスのコルトレーンまで歩いていくことになりました。この日ライブはありませんでしたが、大将は久しぶりに出かけたということもあり喜んでいただけたようでした。

次の日は最後ということもあり終電で帰ることに。しっかり携帯を落とすこともなく駅から歩いて無事帰宅、めでたしめでたし。

そういえば、携帯落とさないようにと名古屋のお店スタッフからのプレゼントは携帯を入れるポーチでした。たくさんのお花もですし、ワインに偏るようなこともなく、ほんといろいろ考え、多種多様な手の込んだ数々の品々、こんなにもしてもらえるなんて夢にも思っていなかっただけに感謝感謝、皆様本当にありがとうございました。

五月三十一日、最後の日は水口、竜王、ビバシティをまわり、メガストア、本部スタッフとご挨拶をして、夜はＥＤＷＩＮさん二名と会長、望月さん、成宮さんで「さんかく」で最後の晩餐会を。それこそ「さんかく」の女将さんは五十年来のお客様。口は悪いが料理は最高で、いつも当社に対する辛辣なるご意見ご指導を賜ってきました。七十七歳まだまだ現役元気です、六十一歳で何を言っているんだ、みたいな話です。

最後は、スナック「しゃん」。こちらももうなんだかんだで三十年近くお世話になっているママのお店。ゆりこさんですが、あじさいの花を届けていただきました。気にかけてもらってばかりです。


年上の皆さんが元気すぎて恥ずかしくなりますが、一旦ゆっくりして身の振り方を考えたいと思います。一九八四年の春から二〇二三年の今日五月三十一日まで三十九年余りの社会人としての人生にひとまず終止符を。


案外、あっけらかんとした感じで六月一日は迎えることができました。

平日木曜日、奥様はお仕事。お昼にぷらっと散歩、信号交差点で偶然、会長に出会う。

「何してるの?」

今からあずさのところ(茶飯時)で、昼飲みランチ。

「いいね!」

プーさんからかに蔵へ

プーさん初日はこうしてスタート。

六月二日は台風2号の影響で一日雨、家でのんびり。

この日のカレンダーに「フコク」と入っていました。そうあらかじめこの日に保険の見直しをしようとメモを入れておいたのです。事前に奥様に言って、保険証券を出してもらい「見直すのに、希望はあるか」を尋ねておいたうえで、保険会社に電話を。

加入の生命保険を三年前に解約するつもりでしたが、その時はまだ奥様が全解約には抵抗があって、一部契約変更の減額で今に至っているわけですが、今回はもう退職ということで解約もしくは抜本的な見直しを検討する予定で話を聞き、確かにもうこんな金額要らないし七月のアメリカツアー後に、死亡保険金含め見直すことにするかなという感じ。

これからは毎日が日曜。そもそも昔からこの言葉には違和感が、ON・OFFの概念も。

遊びのように仕事をして、仕事のように遊ぶ、こんな風に生きられるといいなと以前から思い、今も思い続けています。いざ、退職して初めてのサタデーナイト。

奥様がお出かけなので、一人でぷらっとどこかで食事しようかと歩き出すことに。

どこにでもある銀座、そう彦根銀座久佐《きゅうざ》の辻。この角に建つのが滋賀中央信用金庫銀座支店。明治銀行彦根支店として、大正七年（一九一八年）に建てられその後、彦根信用金庫が購入された大正モダンな建物。

ここは私が転職する直前まで三年間勤務していた歓楽街・袋町のすぐそばに位置するという支店、一九八〇年代後半、毎晩のように飲みに行っていたところ。当時のまま変わらず営業されているお店の方が少なくなっています。それもそのはず、あれからもう三十三年の時間《とき》が経ちました。

彦根は井伊家が統治した藩、今や「ひこにゃん」が城主と思われている国宝彦根城の城下町として発達。袋町は遊郭として使用されていた建物が今も残る風情ある街並み。銀座支店のある久佐の辻、花しょうぶ通りと芹川に挟まれた一角、現在の河原町。あの頃は二百店舗以上の飲食店があったように記憶していますが今はどのくらいになっているのか。

一九五三年から連続九期彦根市長を務めた井伊直愛《なおよし》氏は井伊家十六代当主で殿様市長と呼ばれていたそうです。一九六二年生まれの私の本名壽男《としお》はその井伊市長に命名していただいたということであります。詳しくは知りませんが、当時の一市役所職員の息子の命名とは今思えば凄いことなのかも。

一九五七年、彦根で創業のスーパー、株式会社平和堂。靴とカバンの店としてその第一号店を開業されたのが彦根銀座のど真ん中、今も平和堂銀座店として存在しています。創業者の夏原平次郎氏がその創業前に働いておられたというサカエヤというお店の後にできている和食のお店「いど屋」へ。

隣が、信用金庫時代（八〇年代後半）足しげく通っていたお店。ここも今は別のお店になっています。そこに食べに行こうと向かうこととしました。

ここで、平和堂の創業者夏原平次郎氏とのエピソードというか思い出。

それは転職して間もない頃の話ですから、一九九〇年代の初め。当社は彦根駅前のアル・プラザ彦根平和堂に「GAO」というレディースのお店を出店させてもらっていました。弊社会長はどういうわけか当時社長の夏原平次郎氏にすごくかわいがってもらっていました。その頃には一緒に何度かお会いもさせてもらっていましたのでそのことはよく承知していました。ある時偶然、二人で一緒に出張に行く米原駅の新幹線ホームで夏原氏とお会いしました。新幹線に乗り込むまでの短い時間ですが、二人は軽くお話しされていたのですが、突然手に持っておられた森永キャラメルの箱から一粒取り出し弊社会長に「どうぞ」と差し出されたんです。当然、横にいる私もいただけるものと思っていましたら、何もなかったかのように話は終わり、それぞれ乗車となりました。

この話を何十年も後になって、とあるワイン会で平和堂の二代目社長の奥様と息子様と同席する機会があり、お話ししたところ大層その場が盛り上がったことを思い出しました。

ちなみに、彦根駅前のアル・プラザにはOPENすぐの時くらいに、屋上特設ステージショーに松田聖子が来たくらいですから、ものすごいインパクトでしたね。

さて、いど屋さんへ、OPEN直後一番客。久しぶりと大将と挨拶をかわし、先日の名古屋・博多・広島ツアーの話をし出したところにお客様が来られました。

最初はわかりませんでしたが、入口でなにやら躊躇されている様子。なんと、それこそ八〇年代後半毎日のように一緒につるんでこの店に通っていた元同僚とその奥さんだったんです。奥様とお会いするのはひょっとすると、結婚式以来かも。結婚式は、私の転職した一九九〇年三月の翌四月ですから、三十三年ぶりということになります。

だからか少し間があったのか、どうぞどうぞ隣の席に。こちらはWelcome。お酒も進み、昔話に。

どうやらこの二人、あの当時、奥様の方も別の女子グループでよく来られていて何度か一緒になって飲んでいたことを思い出しました。いわばここでの出会いがきっかけで結婚されたということに。あの時実際、我々男性陣は何人が独身だったのか覚えていませんが、私は結婚していましたので、愛のキューピッドということになりますか。

六月五日、大阪へ。この日は大阪万博開催まであと六七八日。ウメ北開発工事も急ピッチで進められている様子。

一九七〇年の大阪万博は子供心に強烈なインパクト、月の石を見るのに凄い長い時間並んだことや、とにかく人・人・人、行列。今回は二〇二五年開催だから丁度五十五年ぶりとなるわけです。前回を知っている人もそうでない人も、関心度合いはそれぞれなのでしょうが、全国的に見ても比較的静かな感じ。地元大阪、関西でさえあまり盛り上がっているように感じないのは気のせいでしょうか。空飛ぶタクシーなんかの話題もあるでしょうが、このあとのカジノ構想との連携なんかもう少し、オープンになった方が個人的には盛り上がりそうな気がします。

ルクアのＪＴＢで来月のアメリカ旅行を個人プランで見積もってもらうことに。

先月ＨＩＳで見積もってもらった時が二人で往復航空運賃とマンハッタン二泊で約八二万円、その時に六月に燃油サーチャージが下がると言われていたので、この日ＪＴＢに行って、ほぼ同じ条件で見積もってもらったのがなんと、一一〇万円。同じＨＩＳではないので比較のしようがないですが、それにしてもこの差は如何に。

去年の七月、今年三月と行って、ニューヨークの物価の高さは痛感していますが、旅行者の動きがあまりなかったので航空運賃はあまり高くなかったわけです。しかし、五月八日にコロナが5類になって行動制限がなくなり、海外へも検査証明も必要なく自由に行けるようになったタイミングで一気に変わり始めました。

五月十日過ぎに、個人でＪＡＬサイトからのＮＹチケットを検索している時にはまだ一人往復二五万円くらいでしたから、こちらも五月後半には一気に五万円くらい値上がりしました。ＪＡＬの国際線特典航空券も通常5万マイルで交換できるのに、今は18万４００0マイル、税金・サーチャージが八万七〇〇〇円。これじゃ、半世紀前の日本、海外旅行は夢の世界に逆戻りです。

この三十年で所得がアメリカ他先進諸国並みに倍増していればまだわかりますが、日本はマイナス三万円と減っているのですからなおさらです。退職、無収入の身となった今きちんと考えなければいけませんね。

折しも今日、任意継続加入の手続きをしていた協会けんぽの資格取得通知・保険証が届きました（一か月の一般保険料9.7％二万九一九〇円、介護保険料1・82％五四六〇円）。月三万四六五〇円はなかなかの金額です。私は六十歳を超えていますから退職した段階で厚生年金の支払いは終了ですが、扶養になっていた奥様は六十歳未満ですので六十歳まで国民年金を納める必要があるということですが、残り約十か月分くらいを納めなければならなくなるわけで、先日年金機構に相談に行ったところ、一括納付すると若干安くなると言われたので一括の申請届を出しているので追って通知が来るでしょう。すべて手続きが完了した段階で、整理してみる必要があります。

北海道旅行

六月八日から十二日、北海道旅行。

初日はＪＡＬで名古屋セントレア空港から新千歳空港へ、ＪＲで小樽というコース。

行動制限がなくなり、飛行機も電車も利用者が一気に増えてきている感じを受けます。

出かける前に、奥様から来月アメリカへ行く際、娘に現金（ドル）でお祝いを渡したいからと言われていたので国際線側へ。この日のセントレア直営外貨両替を見に行くと、ＵＳＤ円貨↓外貨は１４２・30。円安進んでいます。タイミング悪いな、ひとまず今回はお見送り。


待ち時間にいろんな飛行機が行き来するのを見るのは結構楽しいものです。待機中の派手なのは、ＳＫＹＭＡＲＫのピカチュウジェット。

そこになんだか窓のない、やたらでっかいのが着陸してきたなと思って見ていたら、機体に書かれている文字はDREAM LIFTER。知らない、初めて見るかも。調べてみると、アメリカの世界最大のジェット機メーカー、ボーイング社のボーイング747ドリームリフターという名の大型特殊貨物機。ドリームリフターは「夢を運ぶ」が語源の愛称で、世界に四機しかないという機体。どうりで滅多にお目にかかれないわけです。

今回はJALのタッチ&ゴーチェックインなく保安検査場に直行できるはずなのに、事前にJALカウンタースタッフに確認しているにもかかわらず、不慣れなのか、しっかり理解していないのか、頓珍漢な案内をされ、簡単便利でスムーズにカードタッチでスイスイ行けると思っていたのに、なんてことか。自分としても最初から聞かずに直接奥の検査場まで行ってしまえばいいものを、久しぶりの利用で戸惑い、結果的には時間がかかってしまいました。

搭乗手続きももたもたと混雑で、結局、定刻出発できず遅延到着。怒らない怒らない。先着で到着口で待ち合わせの友人からのメッセージが、ぎりぎりの電車を指定されてさらに焦りましたが、こちらは逆に勘違い、少し時間の余裕ができ無事合流、小樽に向かうことに。

お宿は、二〇一九年十一月奥様と泊まった、旅館ふる川のお隣HOTEL SONIA。

夜は、お決まりの寿司通りへ、しゃこや毛ガニを。

翌日九日金曜日、すし屋の大将に、余市には電車よりバスの方が便利だと聞き、小樽駅前よりバスで余市、まっさんのニッカウヰスキーへ。四年前に来た時はまだそんなに多くなく予約なく見学できたのが、今は完全予約制だということです。知らずに行って、入口で門前払い。歩いて一〇分以上かかる駐車場のあるゲートから、正規の裏口入園で、博物館へ入園。

有料試飲を終えて、昼食もこちらマッサンの奥様のお名前RITA's KITCHENで済ませようということに。門前払いの件もあったのでよそで食べようかとも思ったのですが、入口にあった写真付きのMenuに「本ズワイガニとエビのトマトクリームパスタ」、トマトベースのクリームソースに本ズワイガニのフレークとエビをトッピングとあり、あくまで蟹メイン、エビはサブトッピングで一匹のっている写真があり、かに蔵としてはこれで決まりとなったわけです。

なぜだかどんな理由なのかはわかりませんが、ワインは秋くらいに取り扱う予定だとかで、飲み物はビールとウイスキーをオーダーすることに。

出てきたパスタを見てびっくり、思わず、スタッフさんに「どこから見てもこれ、〝大エビのパスタ〟にしか見えませんよね」と。逆の意味（普通は看板に偽りありというのは、現物が写真よりショボいわけです）で写真に偽りありです。地元で採れるエビでなく、海外のしかも特大エビが二匹もまるまるのっかっていて、麺が見えないくらいのド迫力でした。

デザートは北海道ソフトクリームwith竹鶴ピュアモルトを。

さて、あんまりゆっくりもしていられないので、そうそうに切り上げて次へ。

二〇二三年一大ニュース！　ボールパーク。この三月オープンのHOKKAIDO BALLPARK F VILLAGE。その目玉が開閉式屋根付き天然芝球場「ES CON FIELD HOKKAIDO」。

球場一体型ホテルで、サウナに入りながら野球観戦ができるというので、宿泊・観戦を予約しようと思ったら、まさかの交流戦FIGHTERS VS Tigers。首位阪神との試合ということもあり凄い盛り上がり。

ホテルも野球観戦も取れないと半ば諦めていたところ、友人のおかげですごいチケットをゲット。一五時半くらいには最寄り駅北広島にたどり着いていないと、すごい人出でいつ入場できるかわからない状況で、時間厳守のガイド案内ツアーに間に合わなければ、せっかく手に入れたチケットも無効。なんとしてもたどり着かなければなりません。余市から北広島駅まで一時間半以上かかりますから必死です。

一五時半くらいに北広島駅到着、改札はもうすでに凄い人。まだ何とかタクシーがあったので、無事到着。

指定ゲート入口からFチケ、北海道日本ハムファイターズ公式オンラインチケットで入場。

食に関して、レトロなちょうちんの七つ星横丁、複合型ベーカリーや球場内で醸造されたクラフトビールが飲めたり、そらとしばという空間、居酒屋・ラーメン・寿司・焼肉と席までのテークアウトも店内飲食も球場内とは思えないほどに、本当に充実しています。

店内で食べていると、どこにいるか忘れてしまいそうですが、店内テレビの大画面ではライブですから、すぐ観に行くことができます。臨場感は充分に堪能しましたので、混む前、試合終了前に出ることにしました。ちなみにこの日の試合結果は日本ハム4―0阪神です。

〔旭川〕

もう随分昔、慰安旅行で旭山動物園に行ったくらいで、あんまり覚えていなかったのですが、二〇一六年六月、できたばかりの旭川駅前のイオンモールを視察するというイオン同友店会の研修旅行がありました。当時は最新イオンモール視察研修が頻繁に行われていて、二〇一九年コロナ前までは毎年、国内・海外のイオンモールを中心とした最新話題のSC（ショッピングセンター）を視察に行っていました。多い時には参加者が数十人にもなり大型貸切バス二台なんて時もありました。出店テナント同士（ほとんどがオーナー経営者もしくは幹部が参加）の親睦をはかることも目的の一つとなっていたわけです。この時は二泊三日で旭川がメインで札幌を少しだけ観光した感じです。

確かに、旭川の駅前駅ビルとして、JR旭川INホテルとイオンモールが一体となっていて当時の駅前整備事業の一体開発されたものでしょう、一大プロジェクトだと思います。確か、その前後に駅前の地方百貨店の閉店が全国的にも話題になっていたように記憶しています。その駅前、歩行者専用道路の一角にあるmachibarに好き寄り何人かで入ったのは覚えているんです。綺麗で愛想のいい女性スタッフにおじさんたちは夢中でしたから

(自分もですけど)。

その一年後、二〇一七年五月。佐藤酒造さんが「生酢自由」の試飲発表会をなぜか、旭川で開催されることになり、私も一緒に行くこととなりました。最初は東京でされるようなことを聞いていたのですが、旭川のホテルとなったようです。

当日、始まる前に一人でぶらっと駅前散策をしていたら、去年のmachibarを偶然発見。一杯いただこうと入ってみると、なんと去年出会っている素敵な女性スタッフがおられるではないですか。一年前の団体客の中の一人のおじさん、覚えられてるわけはないと思いながら、話してみると「覚えていますよ」とのことで、少しばかりその場の話が盛り上がってしまったのを思い出しました。会が始まるまでのわずかな時間でしたが楽しい思い出です。

参加者は二十名程度だったと思いますが、席次や食事の内容はあまり覚えていないですが、その時には何名かと名刺交換をしたり、FBで繋がったりしました。会としては、どんな状況だったのかまではわかっていません。

帰る日、ホテルまで迎えに来てもらって旭川空港まで送ってもらうことになっていました。

帰る前に、佐藤さんがどうしても行きたいところがあると。それが美瑛の青い池。私は、知らないし距離感も当然わかっていません。そこ経由で空港にはどのくらいの時間がかかるのかも。でも、大丈夫なんでしょう。地元の人なんだからちゃんと要領は得てるんでしょうと思っていました。

ところが、途中からこのペース大丈夫なのかなと心配になってきました。なんとも、運転がすごくゆっくりで間に合うのか、いつ着くのか？　飛行機の時間わかってもらっていますよね。

初めての美瑛、青い池。神秘的でなんとも言えない美しさに出合えたことはよかったけれど、フライト時間がぎりぎりでハラハラもしたなと。

そして、今回。退職後、六月にぷらっと北海道一人旅をしようと四月くらいに思いたち、名古屋・新千歳の往復チケットだけをまずとりました。

そこで、旭川での試飲会でＦＢでお友達になって以来、なにかしらのやり取りをさせてもらっている方に、「どこかのタイミングでお会いできるようでしたら旭川へ伺いますので」と連絡しましたところ、「いいですよ」と言ってもらえたので、コースに。

札幌—旭川、特急ライラックで一時間二五分。

普段、キャッシュレス、みどりの窓口でなくみどりの券売機なんですが、この日の朝はなぜだか、みどりの窓口がすいていたのもありそちらに足が向きました。窓口にて。

「一一時のライラックで旭川まで指定でお願いします」

「片道ですか」

「はい」

「何日かでお戻りになられますか」

「はい、明日」

「それでしたら、往復切符で自由席でしたら五五五〇円」

「えっ」

ほぼ片道の運賃って思いましたね、とりあえず時間があまりなかったので、それで、行きは指定（プラス五三〇円）で乗車。見れば自由席で充分座れましたので、帰りは指定取らないでそのまま帰ろう。

こんな切符、自分で券売機で買っていたら、きっとわからなかったので、札幌・旭川それぞれの駅で倍の金額払って買っていたでしょう。時に、有人みどりの窓口に行くのもいいね。そういえば、「券売機でも買えます」と駅員さんは言っていたな。普段から自分が言っていること「知っている者は得をし、知らない者、情報弱者・デジタル難民は時間もお金も損をしている」と、まさに自分がこの時ドンピシャ、恥ずかしい。

あとで調べてみたら、どうやらこれは自由席往復割引きっぷ（六日間有効）、通常Sきっぷと言われているモノでした。世の中、知らないことだらけです。知れば知るほど、知らないことだらけ。

で、一二時二五分、旭川駅到着。

駅直結JRイン旭川にチェックインはまだできないのでフロントに荷物だけ預けることに。そこで、「旭川はれて」の場所を聞くことに。

近隣マップをもらい、赤ペンでしるしをしてもらって、「徒歩七~八分くらいですか」と聞いたら、「一五~二〇分ぐらいですかね」。「私は足、長いし速いですよ」と半ば本気で「そんなかかりますか」。まっ、いいか「ありがとうございます」。

「旭川はれて」とは、二〇二二年七月、平和通買物公園（全国初の歩行者天国？）に面してできたという飲食施設街ということだけを頼りに、お昼をそこにしようと思っていただけで、あまり深く考えずとりあえず旭川駅まで行きJRインで聞けばいいかなという程度でした。とにかくスタート！

私は普段のウォーキングはだいたい時速六キロぐらいですから、一キロ一〇分が目安ですので、一〇分過ぎたあたりで一旦立ち止まり、今来た道にはなかったよなと思い周りを見渡し、この三叉路はどう見ても行き過ぎ、この先には何もなさそう。貰った地図もわかりにくく聞く人もいない。

来た道を引き返すことにしたところ、イヤホンをつけた女性ウォーカー発見。声は聞こえないでしょうから身振り手振りで場所を聞きたい旨伝えたら、立ち止まってもらえて「旭川はれて、『ご存じですか』」と聞けました。地図を見せ案内してもらえることに。怪しい人物の判定は下らなかったということですかね。

「旭川の人じゃないんですか？」

「はい、琵琶湖、彦根城、ひこにゃんの町、彦根から来ました」

「ウォーキングですか？」

「はい、明日の〇〇マラソンに出ます」

ここで到着。

「ここじゃないですか」

「ありがとうございます」

「お食事お楽しみください」

「はい」

この時はほんと、素敵な数分のアナログタイムを満喫させてもらいました。

ここは、わからない。通り過ぎているはずだけど、まったく気づかなかったもんな。

さて、どこで食べるか。小さなお店がいくつもある感じ、大箱（大きなお店で、大人数もしくは家族や団体客向けのファミレスタイプ）は、一人の時は特にあまり好まないからそこはOK。

一回りしてみるかな。全体としてもそんなに大きくなく、意外とちっちゃな空間にギュッと集まっている感じで、真ん中になるのかみんなの広場的になるようなところが、ガンガン掘り返して工事中。なんか落ち着かないな。

一番端っこのお店、気になるな。カウンターには二組、三名のお客様。素敵な笑顔でそのお客様と談笑する女性。この方がオーナーなのかな？　何のお店？　えい、いつもの直感でここ入ろ！

「何のお店ですか？」

「フレンチおでんのお店です」

「もう、飲んでるんですか？」

「いえ、これはジュース、私飲めないんです」

「一人いいですか？」

「はい、こちらどうぞ」

そこは両サイドのお客様に挟まれた、カウンターど真ん中の席。ママの差し向かい。

そのおでんを頼んで、赤ワインをグラスで。

すぐに皆さんと和気あいあいの会話に。

男女二人のペアーはまもなく退店、右端の男性はどうやらご近所の様子。締めのコーヒーになってお会計も済ませているのに帰りそうで帰らない、不思議なお爺さん。なんと歳を聞いてびっくり、八十四歳とても見えないし元気ですね。一人で飲みに出かけられるなんて素晴らしい。

この間、いろんな話で盛り上がり、もうすでに私のワインは三杯目。

ここでお爺さんは退店。そこからがママと二人、かに蔵の話題でさらにヒートアップ。結局、ワインは一本ぐらい飲んで、約三時間くらいいたのかな、中休みの時間だろうに、いい迷惑だったろうな、ごめんなさいね。

ホテルにチェックイン、夕飯の約束の時間まで一時間くらい。ベッドに横になった瞬間、眠りに落ちてしまい、お友達からの電話で起きる始末。ほんと申し訳ございません、飛んでいきます。ホテルからすぐのところで助かりました、どちらにしろ遅刻です。言い訳はできません。

なんと、上物の毛ガニを用意していただいていました。ジモティーのおすすめの毛ガニはさすがです。そもそもかに蔵、ズワイガニ派なので毛ガニはそんなに食べてないですが、今までで一番美味しかった。最後の甲羅酒も最高。

お昼の話になって、「どこに行ってどれだけ飲んでいたか」と。「去年できたという『旭川はれて』へ行ってSaRyoココロってお店に行きました」。えっ、そこ知り合いのお店。貰った名刺を見せ、その方の写真も撮らせてもらっていたので、この方ですよ。そう、なんて世間は狭いんでしょう。

じゃ、このあと一緒に行きましょうとなり、ＬＩＮＥで「今から三〇分後二人イケますか?」。そう、お昼三時間の間にLINEでお友達になっていたんです。

「はい、大丈夫です、お待ちしてます」

で、実際行ったら、今度はママがびっくり。二人って誰と来られるのかと思っていたら、まさか。どうゆうつながりですか。ほんと不思議なものですね。

この後、カラオケで愛燦燦を歌って、素敵な夜はお開きに。

明日も、いい日でありますように。


次の日の朝。SaRyoココロのママさんからLINEが。ランチのお誘い。紹介したい素敵なお店があるとのこと。もちろん快諾。

そこはなんと築二百年の旧岡田邸というところで、蕎麦と料理おかだ紅雪庭。駅から歩いて一五分程度と言われていたのですが、昨日の逆。私の足でも二〇分以上かかってしまい時間ギリギリでした。

趣のある屋敷で、特別に二階も案内していただけました。

高橋富士子という名刺をいただき、この方が女将さんなんですが、ワインも何本か持ってきてくださり、その中の一本をボトルでオーダーし、コースをいただきました。

確かに、観光客がぱっと来れるようなところでなく、非常に貴重な体験をさせていただきました。良いご縁をありがとうございます。

一五時発カムイ30号で札幌へ。

JRタワー日航札幌にチェックイン、サウナ・大浴場でリフレッシュし整えて、夜は赤れんがテラス・オーバカナルで一人お食事。

すると、凄いアラームが一斉に鳴り響き、揺れが。地震です、札幌震度4。一階でしたから、先日の東京六本木の明け方の高層階での遭遇に比べればマシでしたが、警告音がびっくりします。

この施設三井不動産、三井カードのポイントが付きました。ちょいちょい知らずに入ったお店で、レジでこのマークに気づいて提示している気がしますね。

この日までこの一帯はYOSAKOIソーラン祭りで二百チーム以上、二万四千人くらいの参加者で、観光客は二百万人以上とも。ES CON FIELDでの阪神交流戦もあり、大盛り上がりでした。

ホテルに帰って、スカイBARで軽く一杯飲んでおやすみなさい。

六月十二日月曜日、お昼前には新千歳空港へ。

レストラン街は人でいっぱい。完全にコロナ前に戻っていました。

がっつり、ステーキを食べて搭乗。タッチアンドゴーですいすい楽々。

帰りの席はクラスJ、前から三列目の二人掛け席、前線の影響で揺れましたがらくちん快適。

楽しい北海道旅行から無事帰宅。

京おばんざい料理・あおい

先日、ロンドンで開催されたインターナショナルワインチャレンジ2023SAKE純米吟醸の部で「生乍自由」がシルバーメダルを受賞。

それを一番に佐藤酒造さんが送ってくださったので、お礼をかねて京都のおばんざい料理あおいに一緒に行くことに。

六月十五日一九時、この時点ではまだ京都のお酒屋さんには流通していないので、佐藤さんが「生乍自由」を持参。女将さんはじめカウンターのお客様全員（女性）に試飲していただきました。瓶のラベルから人気で皆さん写真を撮るところから。飲み方はオンザロックで、非常に好評でした。

この日の隣の席の方は北海道から来られていた親子。「私、月曜日まで北海道行ってたんですよ」という話に。端の東京からの女性は「先月、北海道行ってました」って。この店はいつも遠方からの女性一人客も多いですが、この日もいろんなところから来られていて、「生乍自由」のいいデビューとなりました。今後、ここで人気が出るといいです。

翌日、お昼前、祇園の「かぼちゃのたね」。

先般、テレビに登場の大将と会えるかと思い行ったら、偶然店の前で、開店準備の大将に会えて少し立ち話でちょこっとその時の話が聞けました。

この日のお昼は大丸近くの初めてのお店へ。一階の店内を全貌できる、いいお席に。とにかく野菜が美味しかった。特に新玉ねぎのパンナコッタは初めての味わい食感、そのほかもどれも野菜に味があるんです。お気に入りに追加。

この日、ちらっと見たニュース。ニューヨークのアダムス市長が七月十二日、Uber Eatsなどで働く出前の人たちの給料を今の7$から一気に17・96$まで引き上げると宣言。こういった人たちは六万人以上おられるそうで、大きなインパクトになるでしょう。それこそ、ご機嫌「yee-hah《イーハー》」が飛び交うんじゃないでしょうか。

退職に伴って、扶養の奥様の国民年金前納分の納付書が届きました。先日年金事務所で聞いていた前納すれば安くなるとか、付加年金がどうだとか言っておられたわりに、何の説明書もなくただ単に納付書だけが入っているだけ。

令和五年六月から令和六年二月まで一五万三〇〇円。これって、あまりに不親切ですね。まあこれでひとまず、夫婦ともに年金納付義務からは解放されたわけで、あとはいつから貰うかを検討することです。

今週二十日からの沖縄旅行、来月のアメリカニューヨークの旅が終われば、もう一度じっくり考え、この執筆活動や生きがいやりがいのあることにどう向き合えるか一生勉強のスタンスも。

沖縄旅行

本州ほとんど梅雨の晴れ間の只中、先週までの予報では沖縄は梅雨明け、丁度行く時から夏本番のはずが、ずれていますか。天気悪そうですかね。

二〇二三年六月二十日（火）、沖縄を除く全国快晴、沖縄は雨。

そういえば、二十年くらい前、大阪から沖縄へ向かう時の伊丹空港、台風で飛行機が飛ぶかどうか。空港ロビーで、テレビ番組で同じ飛行機で沖縄に向かう越前屋俵太さんが「沖縄ですか、我々も向かうんですが飛びますかね」なんて言ってた時がありました。

結局、飛行機は無事飛んで沖縄到着。三日間全滅の予報がまさかの二日目から快晴、プールで泳ぐこともできました。この時は確か、残波岬ロイヤルホテルだったかな。晴れ男の力発揮のシーン。

この時の帰り、那覇空港のレストランで武田鉄矢さんに遭遇。帰って、伊丹空港出たところで吉本のかつみ・さゆりさんに出会う。それ舞台衣装そのまんまじゃないの、って心配するくらい目立つた恰好で移動されていたのを思い出しました。

芸能ネタいっぱいあるでしょ。

来月行く羽田→JFK。羽田空港では、以前、改装前の飲食街、確か中華のお店だったと思いますが、中尾彬さんにお会いしました。オーラが凄かったのと、スカーフがとても印象的でしたね。

ニューヨークではSOHOあたりの古着屋さんで、伊武雅刀さんが確か一人でお買い物をされていましたね。目立つんですよ、なんせショッキングピンクのパンツを穿かれていましたから。

今回の沖縄、ホテルもJALシティ那覇、プールもなかったようだし、ビーチに行く予定もないから、水着もサンダルも持っていくのをやめて、身軽にノープランで、のんびりゆっくりしよう。

伊丹から沖縄への空の旅、JALの飛行機は最新機種なのかな。比較的すいていてゆったり。隣は空席なので、そちらの画面には絶えず飛行情報・位置情報を映しておいて自席では映画を楽しむという贅沢使い。リアルタイムで位置・高度・速度が見れ、あと何分で到着するかがわかるからいいですね。

着陸三分前から自画面に前方カメラ映像に切り替え着陸態勢。こんな雲しかない、先が何も見えない中、どうなっているんだろうと思いつつも、実際、オートなんでしょうから、機長、人間が何かをしているわけではないのでしょう。

着陸あと一分。滑走路が見え前のタイヤが現れたかと思ったら、あっという間に着陸。那覇空港、雨は降っておらず曇り空、TAXIで国際通り、JALシティ那覇へ。

やっぱり、晴れ男。雨降らないです。

着いた日の夕食は松山のお寿司屋さん。ここは四年前、APAホテル那覇に泊まった時に丁度ホテルのすぐ裏手にあったから、行ったお店です。

その時は二軒目にClubへ行きました。実は、このクラブ、恵比寿でいつも行くスナックのママさんの娘さんが働いているというので、その時は紹介されて行きました。このお寿司屋さんから近いので、この日も顔を出したんですが、残念ながら彼女はお休み。

そして、翌日は貸切という景気のいいお話で、今回はお逢いできませんでした。

そこで、沖縄の喜劇女王仲田幸子さんの久米のお店に行くことに。孫のまさえさんとデュエットをさせてもらい楽しいひとときでした。

二日目は青空、30℃。

国際通りをぶらぶら歩き、最近リニューアルしたという公設市場へ。

ここは、以前慰安旅行で来た時、一階のカラフルな魚を見て、欲しいものがあれば二階の食堂街で食べられるということで食べましたが、今回は一人。量的に厳しいので断念することにして、がっつりステーキでも食べようかと。

お土産物屋さんで教えてもらった、「溶岩焼きステーキ やっぱりステーキ」公設市場近店へ。初めてのお店ですが、昼からワイン&ステーキを堪能できました。

その後、平和通り、三杯一〇〇〇円のお店を見つけ昼飲み。

隣の席に来られた女性とお話をすると、なにやら明日イベントを開催されるということで、このあと、打ち合わせを兼ねた食事会とか。その後も、また隣の席には三人組の男女が。

皆さん、結構平日の昼間から飲みますね。

なんか、気さくにおじさんに話しかけてきます。「どうゆう関係?」「ここが、夫婦で、友達、なんてネ、冗談、慰安旅行の同僚」。男性が一番年上なのに、どう見ても年下の女性が主導権握っていますね。

先の女性とこのグループ交え、和気あいあい三杯ですみません。

もう、夕方ですよ。お開きに。ごきげんよう、さようなら。

一旦ホテルに帰り、仮眠後、松山まで歩くことに。

実際そんなにお腹もすいてないので、ゆっくりぶらぶら歩き、探すことに。

なかなか決め手に欠けます。と、その時飛び込んできました。

GOLD DISC Oldies but Goodies WELCOME TO OKINAWA
前身はケントスだったんじゃないかと思えるお店を発見。決まり！

予想を裏切ることなくイメージ通り。今ならJIM BEAM KENTUCKY BOURBON WHISKEYのボトルキープが三〇〇〇円、これも即決まり、ラッキー。

バンド構成は九人。いつもの名古屋ケントスのレギュラーバンドよりも多いです。

この日は踊ることなく、一時間余り観賞して店を出ることに。

実は昨夜、仲田幸子さんのお店にある人が訪ねてきてくれました。その方は、博多でワインのお店をされている頃に何度かお邪魔したお店のマスター。二〜三年前に実家のある那覇に帰られたということだったので、もしお会いできるようでしたらと連絡していたので駆けつけてくれました。久しぶりの再会、お元気そうで何より。今、働いておられるのが、なんと私の宿泊するＪＡＬシティ那覇の前にあるホテル コレクティブ、なんとも偶然。その場は、「明日行きますよ」と言っていたんです。

ところが、朝に連絡が入り、体調不良でお休みということになり、どうしようかと思っていたのですが、松山から歩いてホテルまで帰ってきて、少々酔いも醒めてきていたのでせっかく目の前のホテルなんだから寝る前に一杯、そこのＢＡＲで飲むことにしようと思い向かいました。

なかなかいい雰囲気のＢＡＲ。そこそこ大きめですが、結構お客様が入っておられ、一人カウンターに座ることに。バーテンダー含め、三名のスタッフは大忙し。平日夜のホテルのＢＡＲ、しかもこんな大きなところでこんな状況は今、なかなかお目にかかれないのではないでしょうか。

二杯目のお代わりを頼んだ時に、バーテンダーの方と話をしたら、三人は彼の部下というではありませんか。これ、少々気まずい感じかな。余計なことは喋らず、そうそうに切り上げ退散。

翌朝、六月一日、リニューアルのま～さんブレックファーストをいただくことに。もとぶ牛のカレーが旨かった。朝食なしプランで申し込んでいたと思っていたら、チェックインの時に一枚朝食券を貰っていたのを忘れていたので、利用させてもらいました。実は、この朝食バイキングのお代は三〇〇〇円。いいお値段しています。

基本、和定食など選べる場合は食べますが、バイキングだけだと朝食なしのプランにして、近所に出かけたりします。どちらが面倒なのかということにもなりますね。

那覇↓伊丹、帰りの飛行機は満席予想。クラスJへのリクエストも空席待ち、行きとえらい違い。ファーストクラスにすれば、一万一〇〇〇円もかかります、一時間半ですからそのままで仕方ないですね。

それでも今回の沖縄は全国旅行支援で行けたので良かったです。先の北海道は対象外でしたが、六月後半、北海道はじめ全国でこの旅行支援を七月以降も延長するという都道府県が続出していますから、またどこか行けるといいな。

さて、後泊は京都で。

前回行けなかった「かぼちゃのたね」へ。「きょうと魅力再発見旅プロジェクト」京都応援クーポン券二〇〇〇円、こちらで利用させていただきました。

食後、大将が表までお見送りに出てきてくれたので、入口で大将の写真をパチリ。顔写真入りで携帯に電話帳登録。

そういえばこの日も満席でしたが、南座・歌舞伎関係は一度も会ったことないなと。

翌日、草津で途中下車。

「月の光」で昼飲み。

行く途中、夜のライブハウスがお昼のカフェ営業をされているのを見つけ、帰りに寄ろうと。COLTRANEカフェ、どうやらマスターの娘さんが昼限定の営業をされているということ。入ると、この時間もお酒は飲めるということで、普通にいつものを。

夕方四時まで営業、ここでマスター登場、中休み。珍しい昼に、いや初めてです。

いつものコーヒー豆を買って早々に帰宅。

夜寝る前、沖縄で買ったOKINAWA BLUE、亜熱帯気候による熟成で生まれたライスウイスキーを一口飲んで今夜はおやすみ。

無収入の身に厳しいお便りが届きました。それは市民税・県民税の納税通知書。八月末・十月末・来年一月末の三回で納付ください。なんともね、な、お話ですね。

退職後

「退職後、何されるんですか？」

会う人会う人、皆が皆、開口一番聞かれます。年上の方も年下の方も。

こちらもこちらで、いつも「何もしません」。

くまのプーさんの名言「ぼくは、毎日なにもしないをやっているよ」。「はちみつ」をなめる代わりが「蟹」を食べるになるのかもしれませんが。

なぜここまで偏るのか不思議でなりません。

現段階では退職したという実感もないのかもしれません。仕事・休み、ＯＮ／ＯＦＦという感覚すらない気がします。

人生には上り坂、下り坂、そして〝まさか〟があると、自分でも常に意識していたはずが、今日その〝まさか〟こんなことが起こるなんて。

そう、開業に向けての第一歩。国税庁ホームページから、開業届について調べ始め、

e-Tax利用者登録からマイナンバーカードからの登録に必要なマイナポータルアプリのダウンロード・インストール？

無料となっているのに、この時点でメールアドレスとカード登録。おかしいと思いつつ、カード登録でエラー。

これは怪しいとすぐにカード会社に連絡。つい今しがた、セキュリティーチェックのかかった取引を確認、未決済（NG）にしていますとのこと。どうやら、海外のサイトからドルでの約六〇〇〇円相当の取引請求がかかった模様。この分に関しては、未決済ですが情報漏洩の恐れがありますから、念のためカードをストップして再発行手続きをされた方がよろしいかと思われますとのこと。

なんてこった。戒め、教訓ですね。大事に至る前で良かったと思うしかないのか、無念……情けない。

カードを止めるのは電話ですぐできるわけですが、問題は再発行。

前回、ここ滋賀クーポンをカードで購入し、取り扱いのメタップスペイメント不正アクセスによる情報流出事案でカード再発行要請を受け、二〇二二年三月に再発行手続きをしたばかり。その時もカード再発行に時間がかかったのと、公共料金などの各種支払いの変更手続きが非常に面倒だったなと。

前回は他責ですが、今回は完全に自己責任ですから文句の言いようもなく、ただただ、一日も早く再発行カードを届けてもらえるようにお願いするしかない状況です。

七月一日（土）午前、書留郵便到着。なんと、再発行カードが届きました。実に五日でのスピード再発行、本当にＪＡＬと連携して素早い対応をしていただいたカード会社に感謝です。

結果的に無事アメリカ旅行までには充分間に合いましたし、公共料金など各種手続きも完了し一安心です。PayPayだけは八月よりどちらにしてもできないので、もう再契約はしませんでした。

携帯電話ショップ

世の中馬鹿なのよ、ヨノナカバカナノヨ。上から読んでも下から読んでも「よのなかばかなのよ」。なんて実は、ちっぽけな自分が一番バカなのよと思う日々です。


ところで携帯電話の手続きって、どうしてあんなに面倒なんでしょうか。

契約者を法人から個人というところでまず、第一ハードル。

そもそも、それ以前に窓口対応予約からして、なんで十日も先しか取れないのか。

当日、時間に行って、

「予約です」

「お待ちしていました、突き当たり左へお進みください」

て、何番よ。その間、こちらは立ったままで待たされる。

どこら辺がお待ちしてまんねん、て、なりますよね。こっちがお待ちしてましたって言いたくなります。

スタートからこれですから、先が案じられます。というか、前日携帯に、明日の予約確認の電話がかかってきた時にも多少の不安は充分その時に感じていましたが。

「はい、こちらへどうぞ。法人契約から個人に変更手続きですね。まず会社様の委任状と印鑑証明書をお願いします」

委任状不備、アウト。（内容割愛）

どうする。十日も前から予約し、書類持参で来ているのに一瞬で出直し。また予約取り直すところからやり直せということか。

その場で、元の会社の総務に電話して、

「どうゆう連携（会社の法人担当者と）を取っているのか、どこの窓口に予約して行ってもらってもわかるよう手配しておきますって言ってたんじゃないの。いきなりケッチン食らってるよ。とにかく埒あかんのですぐ来てよ」

ちなみに、会社からはすぐ近くなので、本人も責任感じ飛んできてくれました。ありがとう。

不備内容を確認し、翌日朝一番で再予約、次もきっとひと悶着ありそうな気がしますね。

迷惑ついでに、お昼ご飯食べるところまで車で送ってもらうことにし、道中、今の会社のお話を少し聞かせてもらうことに。

何も言うことはありませんが順調なることを願うばかりです。

明日、名古屋へ行くと言ったら、彼も偶然、明日名古屋シフトということでちゃんちゃん。

さて、平日の一人昼飲みスタート、気分を変えご機嫌な一日に。

明日は気を取り直して素敵な日に。


携帯電話会社、翌朝一番の予約。

さすがに、担当者も上席が対応してスムーズに進みそうかなと思うのもつかの間。期待？　を裏切らないというか、やっぱりというか。つまずきが。

これって、どう考えてもあらかじめ想定できることですよね。思わず、「物事は段取り、準備段階で八割終わってますよ」と言ってしまったほど残念な展開。

結局、この日も二時間近くかかってしまいました。

多分、皆さん、携帯の契約などに関し二時間くらいはかかるものという暗黙の了解みたいなものが、お客様も、お店側もあるのじゃないかと思いますが。私的には納得できる話ではないですし、現代社会のこのスピード感からしても時代に逆行しているとしか思えませんが、怒らず焦らず前向きに。

街の洋食屋さん

平日昼間、今日は奥様もお休みなので、名古屋に行く前に二人でランチ。

こちらは、ある意味、どちらかというと良い意味で期待を裏切られました。

その日向かった先は、先日奥様が久しぶりに行ったらいっぱいだったという、彦根銀座のグリルフレーバー。私の生まれた翌年、昭和三十八年（一九六三年）創業の手作り洋食のお店。

着いたのは丁度お昼過ぎ。

ジモティーでなきゃわからないであろう裏の駐車場。満車？

2テーブル空いていたので、滑り込みセーフ。その直後満席。

メニューを見ずに、とりあえず生ビールを注文。

すると、見覚えのある女性スタッフ。よく行くお店の娘さんでした。結婚され奥さんパートで勤務されているのでしょう。詳しくは話しませんでしたので、彼女に関してはここまで。

さて、メニューを見てびっくり。平日のランチ、なんと六〇〇円。三十年前が確か五三〇円ですから驚異的な価格設定です。

一番人気は今もきっと、ハンバーグランチでしょう。奥様はそのハンバーグランチをオーダー。私は平日昼飲みですから、フレーバーランチをライスなしで、赤ワインとともに。

お腹いっぱいになりそうなくらいの量のスープでスタート。鉄板プレートには、ハンバーグ・エビフライ・スパゲッティに豚焼肉。

平日のお昼ですから、飲んでいるのは私くらいのもので、他のテーブルはサクッと回転していました。ワイングラスが小さかったので、先ほどの女性に「大盛グラスないですか」と尋ねてみたら、倍くらいのグラスに変更してもらえたので、少しゆっくり食事を楽しむことができました。

考えてみれば、私が小学生の頃、何かあればここに家族で食べに来ていたことを思えば、もう五十年近く来ていることになります。当時はファミリーレストランなんてものはなく、ビーフステーキセットは高級品だったのではないでしょうか。お酒は飲まないので、食後のプリンアラモードに惹かれていたように記憶します。

そのプリンアラモードは今はなくなっているようで、残念。

お会計、「クレジットカード使えますか?」「申し訳ございません、現金のみです」。あとはPayPayがいけるということで、ここはひとまずPayPayでお支払い。PayPayも八月以降、今の他社クレジットの紐づけができなくなるとつらいな。

でもまた近いうちに来たいなと思えるグリルフレーバー。

名古屋

新幹線で名古屋へ。EX-ICで指定席を座席表から取って乗車。

今、新幹線の指定席は全席の切符拝見はなくなりました。当時から無駄なことだと思っていましたから、それはいいのですが、逆に指定以外の人が座っていればわかるわけで、そこはチェック、注意すべきでしょう。私が、わざと二人掛けの隣が埋まってしまった時なんかには、前後左右空いてるところに座っている時には注意しに来るんですから。

この日は、横一列三人分空いているところを予約しているのに行くと、二席分使って優雅にご飯を食べてる外国人が。きっと、後ろの席の五～六名の東南アジア系集団の一人が空いてる前に来ていたのでしょう。

すぐにどいていただきましたが、言葉も通じないのでそれ以上は何もありませんが、これは乗務員の職務怠慢としか言いようがありませんよね。一瞬ならともかく、堂々と自席のごとく弁当を広げているのですから、その時点ではそこは空席のはずで、わかっているわけですから。

乗務員が回ってきたら、一言言おうと思っていたけれど、こうゆう時に限ってなかなかやって来なくて、販売女性スタッフが先にやって来るものなんですよ。こちらは、飲み物が欲しい時には逆になかなか回ってきてくれないし、そんなものなのでしょうね「よのなかばかなのよ」。ちゃんちゃん。


私は、もう二十年以上名古屋はケントスはじめ錦界隈に来ています。

名古屋ノリタケの森にイオンの新しいスタイルのショッピングモールができるタイミングで、大垣の駅前アクアウォーク大垣のお店をクローズし、移転する形でOPEN出店しました。草津の優秀なる女性スタッフにぜひ店長としてやってほしいとお願いしたのが、二〇二一年春。OKがもらえなければ、出店を断念する覚悟でお願いし了解をいただいた経緯があります。

二〇二一年秋、コロナ禍の真っ只中OPENしました。

その後、男性社員が退職することとなり、もう一人草津から女性スタッフに異動で勤務してもらうことに。その時も、さすがに単身赴任してもらうわけですから、丁寧に説明のうえ着任してもらいました。この二人の社員が引っ張って行ってくれ二〇二三年の新年度からは右肩上がりに成長していき、軌道にのせてくれたわけです。私の退職直前には、社長賞として二人を食事に招待しました。

私の最後となる五月度も、全店で名古屋は一番優秀な成績を収めてくれましたので、「退職後でもお祝いに駆けつけます」と言っていました。そういうわけでこの日のお食事会がスタート。

シフトの関係上、最初は休みの店長と二人で始め、その後もう一人が合流。

ホテルはいつものアパホテル名古屋錦EXCELLENT。全国旅行支援が利用できたので、随分安く泊まれ二〇〇〇円のクーポンもいただけました。

五月に来た時、すしざんまい名古屋錦店で利用できたのを覚えていたので、無条件でそこに向かいました(一応、以前も一緒に行ったことはあるのですが、彼女にはそこでいいかと確認は取ったうえで)。

ところが、改装のため休業中。雨も降っています、むやみに歩き回るのはよろしくありません。目の前のビルの地下に降りることに。

ここは以前行ったことがあります。手前は居酒屋風の和食のお店、奥はおでんのお店。

「さあ、どちらにしますか」

「おでん」

「はい、わかりました」

おでん屋さんへ。大根・厚揚げ・卵の定番三品を。

「卵は固め、それとも柔らかめ、どちらにします」

「柔らかでお願いします」

この半熟タマゴのおでんが絶品でした。どうやら、半熟の煮卵をつくり、おでんだしにくぐらせ、すべてを大皿に盛るのでなく一品ずつ出てくるんです。美味しかった。

さてお次はケントスへ。

名古屋ケントス。入った時、ステージが始まったところで、この日はレギュラーバンドのはずが、何やらいつもと違った感じ。一人の時は大体カウンター席ですが今日は最前列のテーブル席へ。ちなみに、ここのカウンター席では河村名古屋市長と何度か同席したことがありますが、最近はお見えになられていない様子。

ここで、社長が来られたので、先週の沖縄GOLD DISCの話をしたら、やっぱり元はケントスだったようで、「行く前に言ってよ」って言われても知らなかったから。

あちらは「流行ってるよ」って言われたけど、こっちの方が流行ってると思いましたが、そこは黙っておきました。

さて、店長が来られたので聞いてみると、どうやら今日いつものレギュラーボーカルの女性が体調不良で違うバンドの双子の姉妹がヘルプにやって来てくれているということらしい。どうりで初めてだわ。

名古屋ケントスのレギュラーバンドには、過去四回にわたって地元滋賀に来てもらい、ライブを開催しました。今年の五十周年のタイミングでまたお願いするかもなんてこの一年言ってきて、「ぜひ呼んでくださいよ」というような感じになっている状況のまま決まらず私は退職になりましたので、若干申し訳ない気がしています。時代の流れ、今の世代のスタッフやお客様のことを考えると微妙なところもありましたので、在職中に強硬してまではという思いでしたので、今は個人的に楽しんでいるわけです。

一緒に来ている名古屋則武新町の店長は当時のライブは経験していますが、この名古屋ケントスに実際来るのはこの日が初めてです。ライブハウスの本当の「生」の状態を知らずに、そこのメンバーが地元に来て行ってくれたライブを見ているというわけで、ほとんどのスタッフがそうだったんです。当時も、なんだかんだと意見は出ていましたが、結局ライブ当日は皆がそこそこ楽しんでいたというのがホントのところだったんじゃないかなとは今でも思います。

今年どうされるかは、私は知る由もございません。

ところで、当時も双子姉妹のボーカルちーにゃん・みーにゃんで非常に人気がありましたが、この日の双子姉妹も迫力があっていいんじゃないですか。何やら京都を中心に活躍しているらしいので今度は京都に出かけるとしますか。

前回このお二人を招待して気に入ってもらえたようなので、合流はチーズのお店「Unico」でいつものカウンター席を予約しました。一人でも良いし、女性にはなぜか人気です。ちなみに奥様も以前一緒に来ていますが、気に入っています。食事が美味しいのが一番でしょうね。

この店名「Unico」はスペイン語で「ユニークな」「たったひとつの」といった意味だとか。どうやら、マスターはヨーロッパ派らしく、来月下旬、息子さんとスペインはじめ三か国を十日間くらい旅行に出かけられるそうです。

私も、十年くらい前にヨーロッパ何か国かを旅行した時、スペイン・サクラダ・ファミリアに行きました。

丁度今、東京国立近代美術館でガウディとサクラダ・ファミリア展が開催されているというニュースを見たばかりでしたので、しばしこの話題で会話が弾みました。

そもそも完成は？　マスターが言うには、チャチャっと今の技術を駆使すれば、本当はあと二年もすれば完成するとか、させないとか。まあ、この辺は我々の想像外の話なんでしょう。

三人揃ったところで、元気そうで何より。またこうして一緒に食事ができてうれしいです。退職時はいろいろメッセージはじめお花にプレゼントいただきありがとうございます。地元滋賀から離れた地で単身赴任していただき感謝しています。暑い名古屋の二度目の夏、くれぐれもお身体お大事に。でも案外、名古屋ライフをエンジョイしてもらっているようにも感じられ一安心です。また来ますから、よろしくね。

ところで、マスターは前回も来ている彼女たちのことをちゃんと覚えていて、飲み物もすっと出すところが憎いね。このあたりがお客様を覚えているのが凄い。ちなみに私はどこ行っても結構一回で覚えられてしまうようです。うれしいやらそうでないやら。

何やら、話題は最近この近くで熱いスポットがあるとか。怪しくないのか？　近く、すしざんまいが入っているビルの8F、Burlesque東京 名古屋店。女性が一緒でも大丈夫なのか。興味本位、好奇心旺盛な彼女たちが行く気なので、保護者的に同伴するか。どうやらショーパブみたいな感じのところかな？　ポールダンスとかもあるようですが、男性向けエッチ系というわけでもなさそう。

以前、新宿のおかまバーとか、ものまねショーパブなんかは行ったことがあるけど、もう少し年齢層が若く、今風？　の団体というか何人もがチームで踊るみたいな感じかな。社会勉強ということで、料金は九〇分四〇〇〇円。つまらなければすぐ出る前提で入ってみることに。

若い女の子がいっぱいいて、ショーが始まるまでの間もなんだかんだでざわざわがやがや。女性から見てどうなのか。ほとんどが男性一人客。中には我々みたいに女性と一緒のグループも。

「初めてのお客様限定で、ステージに上がるコーナーがありますからどうですか」と誘われましたが、丁重にお断り。後で上がられたシーン見ましたが、別にどうこう言う場面でもなかったのかな。結局どうだったのか、今一つわからないままそのまま退店。ひょっとするとここからの延長があったのかも。

この時点で、私は結構飲んで、酔って候ですが、後でそのお店のところで撮った写真を送ってもらって見る限り、なんとも不思議な非日常的な空間、装備には結構お金がかかっているんじゃないかという気がしました。

このお店に行ったことで、夜も更け今回は「へぎそば」にたどり着けず、ここでお開き。今回も、お二人さんには楽しんでいただけたようで何よりです。これからも、名古屋から会社を元気に盛り上げ引っ張って行ってもらえると嬉しいです。

次の日はワインのお店ENOTECA（エノテカ）に寄ろうと。ワインショップ・エノテカは全国にあり、有料試飲コーナーのあるお店が好きでよく行きます。

一番好きなお店はGINZA SIX店です。開放的で自然な人の流れの中、あの雰囲気がどこにもない都会的でハイセンスな空間演出がいいです。奥様も以前一緒に行った時に、「ここはいいね」と言っていました。その隣にあるウイスキー研究所みたいな小さなバーカウンターにもその時に行きました。マニアックなウイスキーを試飲させてもらえるということで、二種類くらい試しました。

その時、奥様が試して気に入ったというシロモノがその後我が家に登場していたのが、

NIKKA COFFEY GRAIN WHISKY

これをある時、お酒屋さんで見かけてお値段を見てびっくり。私が飲んでるなかでもちょっと「いいやつ」と思っている、Four Roses Super premium よりも高級品ではありませんか。

さらっと、やってくれますね。「ほんの少しずつ飲むだけだから」と本人弁。

あと、大阪では駅前のグランフロント大阪内地下のグランフロント大阪店は、水の流れる階段風テラス席もあり、食事もできますから天気のいい日のランチでワインがいい感じなのではないでしょうか（食事はしたことがありませんので想像）。

名古屋は名古屋栄三越店と大名古屋ビルヂング店、そしてテロワール by エノテカＪＲ名古屋髙島屋店があります。今までは大名古屋ビルヂング店に行くことが多かったのですが、ひょんなことから名古屋栄三越店の素敵なスタッフに出会ってからはそちらが多くなっていました。

ですからこの日も名古屋栄三越店へ。

ところが五月にその素敵なスタッフＦさんはテロワール by エノテカＪＲ名古屋髙島屋店に異動になったと別のスタッフが教えてくれました。連絡まで取ってくれて、「今日はあちらに出勤しています。もうすぐ休憩時間ですが待っています」ということになり、それじゃすぐ行かないとダメじゃないですか。

というわけで、地下鉄で二駅、名古屋駅に向かいました。地下二階のこの売り場、そうだ五月末博多に向かう前に立ち寄った場所だ。

そう、のぞみで博多まで大人の遠足の日。

お昼のお弁当をデパ地下で買って、そのお供にワインのミニボトルを買おうと思ってワイン売り場を探していたところで発見したわけです。

新幹線の時間もあり、急いでいたのですが、ワインショップ・エノテカのスタッフという女性が親切にミニカップも付けてくれて対応してもらったことを思い出していました。その時、試飲カウンターが、あったようですがCLOSEDだった気がします。

そして到着したら、いきなり目の前に現れたのがその時応対してくれた女性。私はすぐに気づきましたが、先方は最初ぽかんとされていましたが、そこにFさん登場。「お久しぶりです。実は、先月、博多行きの新幹線に乗る前にワインを買いに来た時、この方に丁寧に接客してもらったんですよ」ということで三人の輪ができ、無事に不信感も払拭できました。

どうやらここは、高島屋直営のワイン売り場ということで、ワインショップ・エノテカは一部間借り的な扱い？　で、あくまで主導権は高島屋にあるということです。試飲カウンターも、高島屋さんの専属ソムリエがおられる時にしかOPENしないということで、結局、この時はおられなかったので試飲はさせてもらえないということなので、やむなく退散。

さて、七月二日放送のNHK大河ドラマ『どうする家康』。この日は家康の正室瀬名の最期のシーン。世間の大方の皆様は涙のシーンなんでしょうが、どうもかに蔵としては瀬名のお召し物。そうピンクの蟹の着物が気になって仕方ありませんでした。なにか含むところがあったのか、単なる気のせいなのかな。

蟹といえば、北海道でオオズワイガニが大量発生で厄介者というニュースが。一杯二〇〇円で販売されたとか。丁度北海道に行っている時だったんじゃないのかな。

小樽・札幌・旭川にいる時、ニュースになっていたのかすらもわかっていなくて、ニューヨークが控えていなければ、まだ間に合うなら二泊三日で現地にぶっ飛んでいくところでした。

北海道はあきらめて、名古屋へ。

名古屋にいる姉夫婦と久しぶりに食事に行くことにして、名古屋駅前の「札幌かに本家」をお昼予約してもらうことに。

ご機嫌な平日昼飲みです。

その前に大名古屋ビルヂングの三菱ＵＦＪ銀行へ行って外貨$交換を。七月三日、この日アメリカドル¥→ＦＣ（外貨）１４７・31。当日空港で両替してもいいけど、ここで今日してしまおう。７００$で一〇万三一一七円。

結局この一か月で五円も円安になっていました。北海道行く時、セントレア空港で両替しておけば、一〇万円でお釣りがきてたわけです。

実際アメリカ滞在中に使うのはカードで、その時またどうなっているかもわかりませんし、三月の時とは変わっているでしょう。結局、なるようにしかなりません。

気を取り直して、蟹食べに行こう。

姉夫婦はかに懐石。おとなのお子さまランチみたいなものです。

私は一人かにすき。ズワイガニの姿ゆでが食べたかったけれど、丁度今が脱皮のシーズンでないということらしく残念。

女性スタッフに「オオズワイガニでいいよ」と言ってはみたものの、ノリはイマイチ。この辺が、関西との違いかな。関西、関東の分かれ目。風土・文化、うどんのだしなどの違いが分かれるのが、一説には交通の要所・米原というのと、天下分け目の関ヶ原。いずれにしても、彦根は関西圏、名古屋は東海圏。特に名古屋は一種独特な感じを受けます。蟹の雰囲気は味わえたのと、コロナ後初めての姉夫婦とゆっくり外食ができたことが何よりでした。

その夜、ケントスはお休み。Ｕｎｉｃｏもお休み。

飛び込みで入ったお店、お好み焼き居酒屋みたいなところ。そこは地下。初めてのビル、なんとも昭和レトロな空間。いくつかのお店がありましたが、タイムスリップしたような気分。どちらかというと、大阪のノリかな。味は普通だけど、値段は安くて飲める感じかな。

あとは、Ｕｎｉｃｏの姉妹店Maccaroni Club、マスターがここの店長に、かに蔵が行くかもと連絡しておいてくれたらしく、きっと初めてだと思いますが機嫌よく飲んでホテルまで無事帰れました。

USAツアー

去年（二〇二二年・令和四年）七月、今年三月、そしてこの七月、連続三回のアメリカニューヨークツアー。今までの仕事でのニューヨークと違い全くのプライベート、奥様との旅。

第一回去年は、日本ではコロナ真っ只中。五月に家族五人で渡米した娘家族を元気づけてあげたい一心で、夫婦で渡米。

飛行機も少ないが、行く人も少なく夫婦二人で羽田↓ＮＹ、ＪＦＫは特典航空券で手配ができたほど。

行動制限の状態を引きずったまま沈滞ムードの日本とは打って変わって、アメリカは想像以上に活気づいていて人々は自由そのもの、マスクをしている人もなく、タイムズスクエアは昼夜、人で溢れかえっていて、すでにコロナ前に完全復活状態。

物価に関しては、日本の三倍以上しているものもあり、あまりの高額に驚くばかり。過去何度か来ているニューヨーク、肌感覚で明らかに変わったと思えること。それが、クラクション・サイレンが四六時中鳴りっぱなしだったのが、激減していたことと、街中リムジンだらけだったのがほとんど見かけなくなったこと。以前ならブロードウェイのミュージカル終了後もリムジンが並んでいたところ、一台もリムジンはなく、代わりに人力車の待機行列。

これは、ひとつには今アメリカではニューヨークよりもサンフランシスコの方が治安は良くないし、地方での事件も頻発していることからもかつての怖いニューヨークのイメージが薄らいでいるのかも。また、リムジンに関しては、地球温暖化、環境問題、クリーンエネルギーなどの面からしてリムジンを乗り回すこと自体がかっこ悪いことになってきているのではないのかと思われます。

今まで一度も観たことのない、ブロードウェイ・ミュージカル。一回目は劇場Majestic、『The Phantom of the Opera（オペラ座の怪人）』。初心者、入門編。これは今年三十五年の歴史に幕となったことで去年観れて良かったな。

ホテルは奮発、インターコンチネンタル・ニューヨーク・タイムズスクエア。朝食二人で120$（一万七〇九八円）には参りました。

目の前のルイ・アームストロング・エターニティ・バンドなどが出演する、ゆったりとした雰囲気のジャズバーBirdlandへ。

ニューヨークど真ん中でこんなにのんびりゆっくりできたのは初めて、次からはもう少しレベルアップし、充実感を満喫できるように。

この時はなにせ、日本への帰国に現地での飛行機搭乗七二時間以内のコロナ陰性証明が義務付けられていました、これに時間も費用も奪われました（半日仕事で二人で検査費用500$〈六万九八〇三円〉）。今年三月にはなくなっていました。

今回一番お金を使ったのは、自分の洋服代でしたから次回以降は無しです。


第二回、今年三月のアメリカツアー。

少し、海外へも人々が動き出してきたのか、羽田↓JFKが非常に高く、成田との差額が半端なかったので、成田↓JFKでの往復でチケット手配。この半年の変化です。

今回のブロードウェイ・ミュージカルは二回目ということでNeil Simon Theatre、『マイケル・ジャクソン物語』を観に行くことに。

目玉は、メトロポリタン美術館（メット）。今まで関心がなかったわけではないですが、ミュージカルも美術館もいかにも観光旅行。出張では気が引けていたというのが本音かも。ゴッホの「麦わら帽子の自画像」には感動しました。この作品は練習用のキャンバスの裏に描かれたものだというから、凄いね。フェルメールの「少女」には、なぜかわかりませんが、引き込まれました。

いよいよ三回目。二〇二三年七月、シリーズ最初から丁度一年です。

五月にコロナが5類に変わり、行動制限がなくなり一斉に動き出しました。

五月連休明けに七月のアメリカツアーを企画。一月に申し込んだ三月分の予約から四か月後の五月中旬に、七月分を申し込んだらなんと一・五倍の価格に跳ね上がっていました。特典マイルで行こうと思うモノなら、去年の同じ時期の三倍のマイルが必要。おお、なんてこった。

気を取り直して、結婚三十七年のニューヨーク観光旅行を楽しもう！

最後の夜はニューヨーク・マリオット・マーキスに泊まることに。

こちらの四十七階がマンハッタンを三六〇度堪能できるというThe View。一時間で一周するという回転式のアメリカンレストラン。これは、素人さんみたいにおのぼりさん気分で行こう、と思ったら、夏休みの期間は回らないと。ＷＨＹ？　ＳＮＳ映え？　プロジェクション・マッピング対応だとか、なんだそれ。回らないんだったら、やめておこう。では、ミュージカルは、『ムーラン・ルージュ！　ザ・ミュージカル』。どんなの？　マドンナ、エルトン・ジョン、レディ・ガガなどのヒット曲が勢ぞろい。劇場全体が豪華絢爛なキャバレーと化し、開演前から妖艶なキャストたちがお出迎え！

決まり、これは楽しみだ。人生、楽しんだもの勝ち。


羽田前泊のため朝から東京へ。

品川でコインロッカーに荷物を預け、昼食を取って投資ＥＸ開催のビッグサイトへ行こうと思っていたら、品川駅はコインロッカーの空きがなく、どうせ入場用のメールも飛んでしまっていたので、葉書は持ってきていたものの時間的にも厳しそうだから行くのは断念。

ならば、ゆっくり昼飲みでも。

築地玉寿司ウィング高輪店。混んでて、「お料理お出しするのに三〇分くらいかかりますが、よろしいですか」と。もう、ビッグサイトへ行かないと決めたので、OK。

コインロッカーがすべてどこも埋まっていたくらいだから、よっぽど人が動き出してきたんだと実感。国内旅行者、外国人観光客、人・人・人。

カウンターに案内され、まずはビールを。確かに一品目が出てくるのに三〇分ぐらいかかったかな、でも目の前の主任板さんが気を使ってくれて、気分良く食事ができました。

今日のお宿は羽田エクセルホテル東急、一年前もここに泊まって失敗したと思いながら、また同じことをしているという学習能力のなさにあきれます。というのも、このホテルは羽田空港第2ターミナル（国内線）にあり、国際線出発は第3ターミナルだから、モノレールか京急どちらかに乗って移動する必要があるわけで、最初から第3ターミナルにあるホテルにすればいいというお話です。

事前に、第3ターミナルJALABCにてWi-Fiを受け取りがてら、夕食を。

私が出発する前日夕方の羽田空港は一年前とは比べものにならないくらい人で溢れ、店もほぼ全部が営業している状況。コロナ前の活気が戻っている感じがしました。

その中で、おもしろいお店発見、一瞬「がんこ寿司」かと思いました。「おにぎり こんが」。看板は縦書きで書いてあるのですが、色、ロゴ含め、ぱっと見たら「がんこ」。下から読んだら、まさに「がんこ」。初めて見たのですが、日本を代表する最強のファーストフード。大行列。お米が甘い、おにぎりと書いていました。

結局、食事は広島焼のお店に入り、ビールと焼きそばを。

わざわざ店の前まで見に行ったんだから、おにぎりをテークアウトすればよかったなと思うも、時遅しです。

ニューヨークへ出発当日。

事前顔認証登録でスピードレーン、パスポートの顔認証システムでスムーズチェックイン。

HOKKAIDO KITCHENというところで朝食を。どうやら、こちらはＡＮＡ系列のお店らしく、「ＡＮＡのマイルが貯まりますよ」と言われましたが、ＪＡＬ派の私はずっとＡＮＡカードが出ませんでした。僅かなことでしょうが、ＪＡＬの時はどんな時も提示していることを思えば納得です。

朝からカツカレーを食べていたら、隣にいた男性二人のところに、男性一名女性二名が合流。五人の団体さんになりました。後で来た男性は、みやぞんでは？　隣の女性も見たことあるよな、ないよな。周りは誰も気づいていないし、気にする様子も全然ない。ま、外国人が多かったのもあるけれど、全く気づいてもらえないのは本人的にはどんな気分なのでしょうね。

さて、搭乗。一三時間のフライトでJFK到着。一一時五分発、同日ニューヨーク一一時五分着、丁度一日タイムスリップ。

一三時間のフライトも慣れて、食事、眠り、その他をうまく時間配分すれば、それなりに過ごせるようになるものです。食事の時にはビールやワインは飲み放題ですし、いつでも飲み物などリクエストすればいただけます。ビールは結構種類もあります、ワインは赤・白どちらもDOUBLE、あとウイスキーもありますから、お酒好きには天国です。

最近の機内食はクオリティーも高く、案外美味しいものが出たりもします。ただ今回は偏っていたようで、私は残り物（選択の余地がなく不人気）になってしまったようです。確かにあまり美味しいとは言えないモノで、JAL限定ハーゲンダッツが一番美味しかった気がします。別に何も文句を言ったわけではないですが、ほとんど残したからか、先月行ったJALシティ那覇から持ち帰っていたメモにちょこっと書き物をしていたところ、CAが選択の余地がなかったことと併せてお詫びに来てくれたので、少し話をしました。

機内誌に六月ＪＡＬシティ那覇の朝食がリニューアルというのが掲載されているのを見て、「たまたま先月泊まって食べて美味しかっただけに、余計に今回は残念です」くらいの話をしただけなのに、チーフＣＡまで登場してなにやら大層な雰囲気になってしまい、奥様が「もういい加減にしてよ」と言う始末。何もそんなに言ってるつもりはないんですが。

前方画面では映画、テレビドラマ、音楽、ゲームが。好きな時間に眠り、読書し、好きなものを選べます。ゲームは将棋・囲碁・麻雀があり、今回、初めて麻雀をしてみましたが結構夢中になれました、いい時間つぶし。好きな音楽を聴いて、好きな映画（洋画・邦画）・ドラマを観て、ゲームして遊ぶ。昔、井上陽水が歌ってた車のコマーシャルで「食う・寝る・遊ぶ」。まさに、そんな感じかな。あと、落語なんかもありましたし、フライト情報は地図上の現在地や到着地までの飛行時間なども確認できますから、昔とは大違い。この進化をうまく利用すれば快適な空の旅が過ごせます。

ＪＦＫ到着。

Ｕｂｅｒでミッドタウン。ホテル・ソフィテルニューヨークへ。代金は99・22＄（一万四五〇一円）。

六月の下旬からの約二週間で円相場が八円もの変動をしたとニュースで言ってました。実際、私が七月三日にドル交換したタイミングが一番円安だったような気がします。アメリカ滞在中は一三八円台まで円が回復している状況ですが、利用先のその時点での換算によって請求がかかるのはバラバラですから、七月十日に利用したUberはチップ込みで99・22$が一万四五〇一円で請求されるわけです。

今回のホテルは三月のベルヴェデーレよりもちょっぴりいい感じかな。タイムズスクエアあたりを散歩し、夕食はOlive Gardenで軽くイタリアン。

翌朝のチェックアウト時に請求された33・27$、なにこれ？　利用税、州税みたいな感じですと言われたようだけど、もう一つわかっていないんですよね。前回そんなのなかったしなと思いながらもサイン。

明細を見ると、Urban Fee 29・00、State City sales Tax 5・875% 1・70、State Sales Tax 8・875% 2・57、Total 33・27。

去年の七月、今年三月そしてこの七月、マンハッタンでの宿泊はすべてミッドタウン。今まで一度もこんなのないんですけど。

後で調べてみると、ニューヨーク中心部のホテルでは、Destination feeなる名目で訳のわからないモノを取るところがあるらしいが、それかな。五〇〇〇円近い金額だから大きいな、拒否できたのだろうか、無知なる授業料か悔しいな。

この一年で三回のニューヨークは奥様のリクエストもあり、極めて一般観光旅行的なコースを取っています。今日は自由の女神へ。

娘家族が朝八時、ホテルまで迎えに来てくれてニュージャージー側の船乗り場まで直行。そこから乗船、リバティアイランドへ。ニューヨーク側からしか船は出ていないと思われているみたいですが、ニュージャージー側からも船が出ているそうです。

今までほとんど観光していませんので、当然Liberty islandに渡るのは初めてです。目の前の島に渡るのに、飛行機とほぼ同様のセキュリティーチェックを受け、いざ乗船。

そこそこ大きな船、すこぶるいいお天気で気持ち良く島に上陸。

後からニューヨーク側からやって来た船はさらに一回り以上大きな客船で、しかも溢れんばかりの人が乗っていて、大挙上陸してきてニュージャージー組は圧倒されました。

これは混みだす前に、一か所しかないカフェで先に早めのランチを取るべきだろうな。サンドイッチとソフトドリンク少々、LIBERTYCAFE 66・5$、びっくり価格。

Statue of Liberty 自由の女神。一九二四年にアメリカ合衆国国定記念物に指定され、一九八四年にはユネスコの世界遺産（文化遺産）にも登録されている、自由の国アメリカを象徴するシンボルであり、ニューヨーク観光の人気スポット。私が初めてアメリカに渡ったのが一九八三年四月ですから、その翌年に世界遺産登録されていたんですね。その当時はそこまでの関心がなかったわけです。

せっかくなので、ここで少し興味をもって基礎知識を。高さは台座からトーチまでが四六メートル、台座の高さ四七メートル、台座の下からトーチまでは九三メートルと、かなりの大迫力。さらにその下に土台となる基礎部分があるわけで見上げる高さは一三〇メートル以上の感じかな。右手の高く掲げているトーチは自由と希望を表すシンボルで、炎の部分は24金の純金。冠は七つの突起が、七つの大陸と七つの海を表しており、世界中に自由が広がるようにという願いが込められている。左手に持っているのは独立宣言の銘板、刻まれているのは「JULY IV MDCCLXXVI」、独立記念日一七七六年七月四日をローマ数字で表記。足元はひきちぎられた鎖と足かせを、女神が両足でそれらを踏みつけている。これは、すべての弾圧や抑圧からの解放と、人類は皆平等であることを象徴している。

二〇一九年にオープンした隣接の自由の女神博物館にも入ることに。歴史ヒストリーです。現在のトーチは一九八六年から使われているもので、初期のものがここに展示されていました。貴重なものも見られ良い思い出になりました。

自由の女神観光を終え、リバティアイランドを後にし再び船でニュージャージーに戻り、そこから、Ｕｂｅｒで WHOLEFOODS を経由し、Noches de Colombia へ。このお店はコロンビア料理のローカルチェーンのようです。万国民の口に合う料理とお手頃価格でこのあたりではかなりの店舗網があり人気らしい。食べてみて確かに美味しいし安いし、そこそこのボリューム、しかもアルコールの提供もある。

アメリカはアルコールに関して、日本のようにいつでもどこでも飲めるというわけではないのでそういう意味でも貴重な存在だな。

翌日は、娘たちのマンションから歩いて行けるレストランへブランチに。ここは日本のファミリーレストランのようなお店。店舗の作り、ソファーの配置なんかがまさにそんな感じ。ここもアルコールを提供していて、行った時間が早い時間で空いてて快適、スクランブルエッグも美味しかった。アメフトの試合のある時なんかはスポーツバーとしての人気店で予約が取れないほどになるらしい。

本日のお出かけは、車で一五分くらいのGarden State Plazaというショッピングモールへ、お買い物とランチ。NordstromとMacy'sがあり、ひと通りのブランド、専門店が揃った巨大SCです。地元民だけをターゲットにしているわけではなく、広域ニューヨークからも買い物客がやって来る前提です。ニュージャージー州は食品と衣料品が免税なので、週末はニューヨーカーが服を買いに来ることもあるというくらいです。確かに同じものがニューヨーク州、マンハッタンで買えば8・875％の税金がかかるわけで、食品は時間的に難しいかもしれないけれど、衣料品は橋を渡って通行料を払っても場合によればお得ということになるのかな、ある意味ドライブがてらやって来る人にとっては。

お昼一一時半にレストラン街がOPEN。

ワインが飲めるお店があったのでそこに入ることに。どうやらかなりの高級レストランの様子。ボーイさんがさも自慢げに、「今までに経験したことのないような感動体験を味わってもらえます」なんて言うのですが、こちらは私以外ほぼファミレス感覚で入っていますから、その温度差半端ないです。本来、大人はお昼のランチコースをオーダーするようですが、どう考えても食べられそうにありませんので、「シーフードタワー」というのを注文することに。これだけで107＄ですからあとは飲み物だけで当然OKでしょう。

周りの方々は皆さまコースを食べられている様子。野菜や果物はバイキング形式となっていて自分で取りに行き、メインのお肉はいろんな種類の串焼きケバブをボーイが入れ替わり立ち代わりテーブルにやって来て、客が欲しいと言えばスライスし、テーブルにある自席のピンセットのようなもので自分の皿に取り食べると。いろんな種類を何回も食べ続けられるわけで、ある意味食べ放題。まあ、皆さんよく食べるわ食べる、そりゃでっかくなるわな。

こちらは、シーフードタワー、来ました。氷が敷き詰められた二階建ての金属製の器に盛りつけられているのは、二階部分にでっかいロブスターがドドーンと。一階部分にはむきむきエビとムール貝がごろごろ、そしてなんとボイルのずわいがに。西海岸サンフランシスコではポピュラーで何度か食べてますが、単純にボイルし氷の上にのっけてるだけで、ケチャップ的なソースで食べるスタイルです。こちらも同じでさすがに蟹はこれじゃ厳しいですが、仕方ない。見映えはいいですが。

こちらの店名はFogo de Chão。

この日夕方はバーベキュー。ボスドックピクニックエリアというところ、ワシントンブリッジが見える公園。平日のため、比較的空いていましたが、週末ともなると朝から駐車場の争奪戦というくらい人気のスポットのようです。

仲間たちと一緒に共同でアウトドア用品を一式取り揃えたらしく、新品のセットに何家族食べるんだというくらいの食材を用意してくれていました。文字通り、アメリカンビーフは超特大。厚みもあるからなかなかうまく焼くのは難しいだろう。でも外でこうしてファミリーでバーベキューをしたり、芝生でサッカーしたりすることが子供たちにとってはいい思い出になることでしょう。

ニュージャージー最後の夜は、ハドソン川沿いのマンハッタンを望むレストランHAVENへ。娘たち曰く、駐在さんとは大手日本企業の社員で数年単位でこちらに家族で駐在している日本人駐在員のこと。ここは、その駐在さんから教えてもらったというレストラン。確かに現地での仕事やプライベートも含め、その経験とネットワークから豊富で確かな情報を有しているのでしょう。

マンションからは車で二〇分程度のところです。前回三月に来た時に連れて行ってくれたステーキハウスは車で一〇分かからないところでした。そこは自分たちで見つけたのかどうかは聞いていませんが、その時、そのお店も人気高級店でしたが、こちらはさらにそのワンランク上になるのでしょう。

川沿いのオープンテラス席、川の向こうはマンハッタンが一望。お天気も良く夕方少し風もあり最高のロケーションです。

さて、注文。メインは牛ステーキ、グリルサーモン、シーフードリゾットをオーダーするも大人四人、もう一品メインをオーダーする必要があると。このあたりがアメリカ納得いかないです、日本人はそんなに食べられないいんですから。しかし先方は引き下がるスタンスを持ち合わせていません。仕方なくステーキの部位を変えもう一品追加することにしました。ワイン他飲み物もオーダーし終え、ウェイトレスが確認するのに、料理は一気にすべて出しますからということ。これもしっくりこない話。自分のペースで仕事がしたいんでしょう。料理はすべて日本人の味覚に合う上品で美味しいものでした。ワインも二本目にすすみました。

当初の予約時間は三時間、充分あるなと思っていましたがあっという間に時間となり冷徹に退店させられました。実はこの日この後、ここで花火大会が開催されるということで強制入れ替えだとわかりました。打ち上げ開始まではまだ一時間以上はあるということです。先週娘たちは大花火大会に行ったようですし、何もなくここで一時間も待つことはできないのでやむなく家路につくことに。

最後の朝、娘の運転で近くのTrader Joe'sへ食料品の買い出しに。WHOLEFOODSは比較的高級ゾーンなので、普段の野菜果物なんかはこちらで買うことが多いようです。確かにWHOLEFOODSはデリが充実していますが、普通の食材だけならTrader Joe'sで充分です。ササっと済ませ帰ることに。

帰る途中、何やら車に異変。電気系統らしいマークが点灯、バッテリーか何かかなと心配気に話す娘。走行中にランプが点灯してもすぐにどうこうはならないだろうし、マンションまであと数分だろうし気に留めることもなかろう。しかし事態は急変。それからものの一分程度で、アクセルがおかしくなり、踏み込んでも加速しない。助手席の私にもその状況はわかりました。なにやらサイドブレーキが引っ張られたままの状態で走行しているような感じを受け、サイド引っ張ってないよねと信号待ちで確認するも、そこはノーブレーキ。いよいよこれは尋常じゃない。結構な登り坂の途中で止まってエンジンを一旦切ろうかと言う娘に、私が、ここはノンストップでとにかくマンションまで帰ろうと言って何とか一分少々でマンション玄関前の駐車場までたどり着き、良かった良かった一安心。

ハッチバック車でバックドアを開けようとしてもドアオープンにならないと、ここでエンジンを切ったが最後、もうウンともスンともエンジンがかからなくなりました。こんなことって日本じゃ起こらないよね、でもあの時あの急な登り坂の途中で一旦エンジンを切っていたらと思うと、ぞっとします。

お昼の子供のお迎えができない。なんとかお友達のお母さんに連絡がつき、助けてもらえることになり、先生にも連絡がついてそちらはひとまずＯＫ。車は応急処置をしてもらって我々が帰国後、修理してもらえることになりました。

この車でマンハッタン、ミッドタウンのホテル、マリオット・マーキスに全員で乗って送ってもらう予定だったのでどうするか。「Ｕｂｅｒで行くよ」と言ったら、もう一台の車で娘婿が上二人の子供と一緒に送ってくれることに。娘と一番下の長女はお留守番。ようやく慣れだした頃にバイバイとなりました。彼女は生後九か月で渡米、もうすぐ二歳。三月の時はあまりわかっていなかったみたいだけど今回は少しわかり、慣れてきた頃だっただけにもう少しいたら良かったかな。

ところで、この約一年余りのアメリカでの暮らし。子供たちは本当にいろんないい経験体験をさせてもらっていると思います。しかし、今回娘が一番興奮して話してくれたのは、グラミー賞四回受賞のイギリスのシンガーソングライター Ed Sheeran（エド・シーラン）

の、どうやら六月初旬にメットライフ・スタジアムで行われた彼のコンサートに行ってきたということらしい。よく知らないのでぽかん、えっ！　て逆に驚かれる始末。実はこのスタジアムはニューヨークでなく、ニュージャージーにあるそうですが、ニューヨーク近郊で一番大きいスタジアム。これも知らなかった、知らないことだらけ。

マンハッタン最後のホテルは、タイムズスクエアのマリオット・マーキス。一六時チェックインになっていたけれど、一五時くらいに到着しましたが、そのままチェックインさせてもらえ、館内割引クーポンまでくれました。

このホテルの四十七階が回転レストランThe View。しかし夏休み期間中、別企画で回転しないということなので外に食べに行く予定でしたが、一八時半くらいにはミュージカルへ行くので八階のレストランで軽く済ませることに。ホテルの部屋付け（チェックアウト時精算）にするかと言われましたが、その場のカード決済にして劇場に向かうことに。

去年七月のオペラ座の怪人、三月のマイケルに続いて今回三回目のミュージカル。『ムーラン・ルージュ！』。ニコール・キッドマン主演の大ヒット映画を舞台化したもの。劇場全体が豪華なキャバレーの雰囲気で妖艶なキャストが魅力。マドンナ、レディ・ガガ、エルトン・ジョンなどのヒット曲のオンパレードというもの。

開演三〇分前に入場、ＢＡＲスタンドでワインを購入。劇場内でこぼれないよう専用（MOULIN ROUGEのロゴ入り）のボトルで提供され、容器はお土産・記念品としてお持ち帰りできるようになっているので凄く割高ですが、中身は皆さん別として飛ぶように売れているんです。

先の二回もそうでしたが今回も満席。なぜか今回もまだ、日本人の観客にはお目にかかりませんでした。というか、過去一度もミュージカルでは日本人に遭遇していないことになります。

前回マイケルの時は二階席でしたが、今回は一階席、前から五列目のど真ん中で非常にいい席でした。あまりの近さに開演前思わず二階席まで行って、劇場全体の写真を撮りに行ったほどです。

お触れの通り、劇場全体が真っ赤なネオン・豪華絢爛なキャバレーの店内。美女たちの華麗なるダンスに魅了され、圧巻のファイナルは劇場観客が全員総立ちとなり大いに盛り上がりました。

劇場を出ると、前回と同じく多くの人力車が待機しているのですが、あまりその場ですぐ乗り込む人を見かけませんが、どうなっているのか。

我々はワンブロック先、宿泊ホテル・マリオットの通りにあるSwing46という三月にも行ったジャズクラブ＆バーへ行きました。今回はダンスのできるステージの方ではなくカウンター側のテーブル席にて軽く一杯。アイリッシュコーヒーをいただき、マンハッタン最後の夜を締めくくりました。

何度来てもエキサイティングな街ニューヨーク、パワーチャージ完了。

翌朝のチェックアウト。

昨夜のレストランのチェックがダブルで請求されていないかと、先のソフィテルホテルのように、州税のようなものを請求されないかが心配だったので少し時間がかかることも想定し、早めに向かったら、あっけないくらいの一瞬、精算なしＯＫ！　マジか。それどころか、帰国後カード精算明細をチェックしたところ、レストランのチェックは１２０＄で支払っているのに、請求は１０３・43＄、14％近くディスカウントされていました。宿泊者割引です、チェックインの時にもらったクーポンは提示してないんだけれど、その時にルームナンバーと名前を言ったから、それだけでＯＫだったわけでしょう。ソフィテルホテルと随分違うな。やはりこのあたりが一流の一流たる所以ですね。そういえば、以前沖縄のリッツカールトンに泊まった時の応対も、さすがと思った出来事がありましたが、次もここにしようと思いますよね。

さて、Ｕｂｅｒ。ホテルの周りにはイエローキャブ（ＴＡＸＩ）はいっぱい待機しているんですが、いつもＵｂｅｒにしています。すぐ来る、運転手の素性がわかること、行先は先に了解済みで直接決済がないこと、車のグレードが選べることなどが理由です。で、すぐ到着。朝だったのでＪＦＫまで三五分くらいで着いてチェックアウトもスムーズだったので、随分早く空港到着。ＪＡＬチェックインカウンターがまだ開いてないという事態。

以前はＪＦＫで赤ちょうちんなどもあり、搭乗までの待ち時間に天ぷらそばとかが食べられたのですが、コロナで日本人がほとんど来なくなっていたのでなくなってしまい、三月の時は韓国系の経営のお店で食べたのですが、今回はそのターミナルとも出発ターミナルが変わっていて、一切日本食を食べられるところがないという状況、ものすごくつらい思いでした。

結局、朝食はサンドイッチ。日本ではほとんど食べないハンバーガーやベーコン・ターキー系サンドイッチなど今回結構食べたなと思います。ああ、無性にへぎそばが食べたいそんな気分の帰国日となりました。

日本は真夏日、猛暑日と毎日30℃、35℃越えが伝えられていました。これは摂氏です。

アメリカは華氏。大体毎日86°F～90°F。

℃＝（°F－32）×5/9　→　華氏90°Fは約32.2℃

°F＝℃×9/5＋32　→　摂氏35℃は95°F

ということで滞在期間中は、だいたい真夏日でしたが、紫外線の強さが違うのか、初日は無防備で日焼け止めもぬらず、自由の女神に行っただけで、翌日鼻の頭が剝けてしまいました。恐るべし、翌日からのバーベキューなど出かける際にはしっかり日焼け対策をして行きましたのでその後は大丈夫でした。

飛行時間、行きは約一三時間。帰りは偏西風の関係でプラス一時間の一四時間。途中かなり気流の悪いところを通るので凄い揺れが予想されると機長のアナウンスがあり身構えたわりには難なく通過、しかも予定より三〇分早く到着、無事帰国。

飛行機を降りたら検疫カウンターもスムーズで、いつも荷物は預けないのでそのまますぐに税関カウンターへ、申告書の代わりに今は携帯でのVisit Japan Webで入国・帰国登録が済んでいるので、こちらもほんとスムーズに通過。パスポートのスタンプも今は任意、どこもスタンプを押してほしい人だけがそのレーンに並び、不要であればスルーできるようになっているのでスタンプが要らなければ速い。逆に今までそこで並んで待って、時間がかかっていたわけで、何のためにしていたのか。時間も人手（労力）も無駄だったのでは？

飛行機を降りてから出るまで一〇分もかかっていないんじゃないかな。荷物が出てくるのをターンテーブルでさんざん待って、一連の帰国入国手続きを従来通りやっていたら三〇～四〇分くらいはかかってしまいますから、ものすごい時間短縮です。

京急・新幹線を乗り継いで彦根に着いたのは、思っていたより小一時間くらい早く着いたのに、最後、彦根駅でTAXIがない、呼んでも四〇分待ち、なんて落ちだよ。いつも行く駅前のスナックに駆け込み、ママにTAXI呼んでもらったら、五分で来てくれた。さすが、ママ、ありがとう。NYでチョコレート買ってきたからお土産、どうぞ食べて。

こうして、無事帰宅。お疲れ様でした。

解放感

ここから、仕切り直し。

楽しく愉快なおもしろ人生をスタート。

丁度、アメリカに行く前に、中学の同級生からお誘いいただき、おすすめのイタリアンレストランにご一緒することになっていましたので南草津までお出かけすることになりました。

この方とは、退職前に一度あることで、本社までお越しいただきお話をしていました。退職した後しばらくしたところで、メッセージをいただき今回に至っています。

私の鍛えられた味覚を裏切らないお店を紹介と、随分買いかぶっていただき恐縮至極であります。自分では、蟹以外は極めてB級グルメだと思っていますが、数だけはいろいろ食べ歩いていますので一部誤解されている向きがあるようなのですが、行ってまいります。

当日、向かった先は南草津のイタリアンレストラン。南草津駅から西へ八〇〇メートルくらいの住宅街の中のビルの二階。お昼一二時の予約、ご紹介いただいた方と一緒に向かうことに。

事前に聞くところでは、昼・夜共にだいたい二～三組限定の予約制のコース料理ということです。どんなところでも滅多にコースは頼まないので若干不安ですが、先方はそんなことはご存じありませんし、好き嫌いはないと伝えていますので仕方ないことです。

等間隔で三つのテーブルが並んだこぢんまりした部屋といった店内、一番奥にはオープンキッチン。両サイドのテーブルにはすでに男女二名が座られていて、真ん中の空いてる席におじさん二人が座りゲストが揃い、静かにスタート。

このレストランは夫婦二人でされているようで、ご主人がシェフ、ソムリエの奥様が料理の説明をされ、それに合う飲み物を提案、提供されるというシステム。紹介いただいた方は、そのパターンでオーダーされ私は別途ワインリストをいただき、好みの赤ワインをチョイスすることに。二種類のカベルネ、イタリアとフランス。どちらか決めかねていたところ、一九九七年のフランスを強力に推していただいたのでそちらにすることにしました。かなり澱があるようなので、デキャンタージュ。「ボトルからデキャンタに移して提供させていただきます」と説明、テースティングはなしで結構です。一口含んでみると、まろやかで美味しい口当たり、これは正解です。

冷製スープから始まり、メインデザートまで、やはり私には量的に多かったかな。あまり食べない生ハムやカモ肉と続きましたので余計食べづらい感もありましたが、最後までいただきました。カモはちょっぴり残してしまい、申し訳ございません。

お店側としては決まったお客様に、コースで段取りよくお料理が出せて非常に効率的でロスなくいいスタイルでしょう。こういうスタイルを好まれる方は当然おられます。ただ私の場合はアラカルト、好きな時間配分、量の問題含めて特に初めての知らないお店では「ドンピシャ」ではまることの方が少ないのかなという気がします。美味しいワインを用意されていたので、もう少し時間をかけ、メニューも選べるスタイルでやってもらえるともっといいのではないかと、一人わがまま心をもてあましていました。当然、紹介してもらわなければ出合えなかったお店ですが、このパターンだけだとYES or NOにしかならないわけで、上品なお味で良かったので、もう少し選択肢を広げてもらえてお料理の幅があると更に良かったのかなと感じました。いいお店だと思います、ありがとうございます。

このあと、京都へ向かいます。

この夏は身体にこたえる暑さ。熱中症警戒アラートも発表され連日の猛暑、京都は盆地ということもあり特に暑い。この日は、大気の状態が不安定で雷雨になるところがあるとの予報。

三時半頃京都に入り、マイ七味を調達するべく錦市場の「おちゃのこさいさい」へ向かったところ、リニューアル工事中につき休業。ここは十年くらい前に産寧坂本店で自分好みの七味を調合してもらってすっかりはまってしまい、錦市場にも店舗があることを知り、それ以来こちらで買うようになっていました。丁度なくなるタイミングだったのでわざわざ足を運んだのですが、運悪く改装工事期間ということで休業中。

仕方なく、市場をぷらぷら散策していると、突然の豪雨。しかも雷も鳴りだし半端ない雨の降り方、市場内アーケードを歩いていたから良かったものの、こんなのに突然雨宿りもできない屋根のないところで遭遇していたらとんでもないことになるところでした。バケツをひっくり返したような雨という表現が時々されますが、それをはるかにしのぐ雨、しかも雷も半端ない。

近年まれなる経験、雨は延々一時間近く降り、この間、近くに数回は落雷があったと思われるひどい状況が続きました。ほんと幸いにもアーケード街、寺町・新京極界隈でしたから助かりました。

夕方五時前には雨もあがり、お天気回復。

いつものおばんざい「あおい」が五時スタート、一人なら入れるということなので向かい五時過ぎに到着。よくぞこんな嵐の中、すでにカウンターは私の席以外満席。皆様遠方からの予約組ですから当然と言えば当然ですかね。

しかしいつもいつも予約で満席、ほんとたいしたものです。私の一人予約ですら二回に一回は入れませんから。先週、祇園祭のところなんてもうしっちゃかめっちゃか、何が何だかわからないくらいでした、と。まあ、だいたいの想像はつきますがね。

この日も満席、フルで三回転。絶対二時間以内で追い出しますから。この徹底ぶりには感心、あっぱれです。皆さん納得していますからいいのですが、私は一度、奥様を連れて行った時にもまさかの二時間で追い出されたのにはびっくりしましたが、「暗黙の了解、そんなの常識、当然でしょう」とまで言われてしまいました。

お昼にガッツリいってましたので、スロースタートで。

そこに一人の女性が予約なしで飛び込み。無謀ですね。入口一番端に座っている私としては、どうする、かに蔵。横の通路、ここで私が立ち飲みすれば私の席に彼女は座ることができるわけです。以前も何度もここで立ち飲み経験はありますから。

「そうしてあげよう、どうせそんなに食べず飲むだけですから」（心の声）

女将に「立つから、入れてあげたら」と一言。「申し訳ございません、ほんとありがとうございます」とお礼を言われ、「どうぞ、気になさらず」。

さあ、ここからまた新たなスタート。

Enjoy my life!

おわりに

二〇二三年九月二十九日（金）、ロードショーのポスターが町のあちこちに貼られているのを見かけるようになりました。

「二〇二一年十二月初旬、映画の撮影をさせてもらいます」というお話がきました。私の青春そのもの、現在のボーンフリー本店・本社前、本書にも登場する、一世を風靡した店舗（BORN FREE SUPER SHOP）でロケをするということ。（株）つばさプロジェクトの名刺を持った人が、わが社広報担当にやって来たそうです。直接は会っていませんが、「十二月十三、十四、十六日で撮影しますのでよろしくお願いします。なるべくご迷惑のかからないよう手配いたしますので、ご協力お願いします」ということ、有名な俳優とかも来てロケバスや送迎車なりを一部本社前駐車場に停めさせてほしいというような内容だったと思います。建物管理の不動産屋さんに許可を取ったうえでのご挨拶なのでしょう。

一瞬、私の思い入れ深いこの建物を舞台にどんな映画を撮るんだと思いましたが、そんヨーク。メインは初めて行くポートランド。帰国後すぐに偶然にも行ったばかりのポートランドがテレビで放送されてさらに感動したことを覚えています。

さて、サンフランシスコ。この時はなにやら、街の一角が歩行者天国になっていました。目的があるわけでなく、定点観測、マーケットリサーチ的に街を散策、その歩行者天国を歩いていたところ、通りに面したお店の前に見知った顔の男性が立っていました。すぐにお互いわかりました。なんと、三十年来の知人のお店だったのです。実は何のお店を出されたのかさえ知りませんでした。その直前までずっとお客様がおられ、偶然途切れたタイミングに彼が外の様子を見に出た瞬間だったようです。奇跡みたいな話です。再会を祝し、この日の夕飯をご馳走すると言ってくれました。「美味しいイタリアン（パスタ・ピザ）があるから」と。さすがにお昼にパスタ食べたとは言えませんでした。

最近のサンフランシスコ事情を聞くと、貧富の差の問題や治安の悪さ。シリコンバレーが近く、裕福なお金持ちがいる一方、浮浪者がいて昼間でも路地は一歩間違えば危険だということ。自分のお店もこの半年で二度発砲強盗未遂に遭ったと。なまなましい店の銃撃痕を見せてくれるほどです。一観光客ではわかりえない現況です。

この時に、次来る時は一緒にナパバレーのワイナリー巡りに行こうと約束して別れたのですが、コロナ禍になり六年が経ってしまいました。ナパバレーワイナリーツアーに行きたいと言い続けていましたところ、「よし行こう」という人が日本で現れましたので、一緒に行くことになりました。

本書を執筆するにあたり、藤野英人さんをはじめ多くの人にご登場いただいたこと、編集サポートをいただいた文芸社スタッフに心から感謝いたします。

また、いつもそばで私を支えてくれている奥様に改めてこの場を借りてお礼申し上げます。

本書が一人でも多くの方にクスッと笑っていただき、楽しい人生の何か一つでもヒントになれば幸せです。

まだまだこれからも、かに蔵の人生劇場から目が離せませんよ。

著者プロフィール

かに蔵（かにぞう）

滋賀県彦根市出身
大学卒業後、地元信用金庫に就職
28歳でアパレル専門店に転職後、
2014年3月、同社社長に就任
2023年5月、同社退任、退職
2023年8月、かに蔵創業
執筆家、経営アドバイザー
健康・旅行・グルメ・ファッション・
ビジネス・金融・投資など
幅広いジャンルの執筆活動中

かに蔵がゆく！

2024年4月15日　初版第1刷発行

著　者　かに蔵
発行者　瓜谷 綱延
発行所　株式会社文芸社
〒160-0022　東京都新宿区新宿1－10－1
電話　03-5369-3060（代表）
03-5369-2299（販売）

印刷所　株式会社エーヴィスシステムズ

ISBN978-4-286-25239-1